Christiane Röder

Aus der Sackgasse

Aufregung in einer Hamburger Straße

Roman

www.tredition.de

© 2021 Christiane Röder

Verlag und Druck:
tredition GmbH, Halenreie 40-44, 22359 Hamburg

ISBN
Paperback: 978-3-347-26925-5
Hardcover: 978-3-347-26926-2
e-Book: 978-3-347-26927-9

Die einzigen wirklichen Feinde eines Menschen sind
seine eigenen negativen Gedanken.

Albert Einstein

Prolog

Totalschaden würde man es bei einem Auto nennen. Ihr Heim brannte nieder, während die Schuberts zwei Straßen weiter völlig ahnungslos, nach einer vorzüglichen Ente süß-sauer, Zettelchen aus Keksen zupften und angeregt von einer der Prophezeiungen (*Sie werden im nächsten Jahr im Ausland wohnen.*) frei darüber fantasierten, wie es wohl wäre, wenn sie beide mit Mitte Fünfzig noch einmal ganz neu anfingen.

Unterdessen mühten sich die Feuerwehrmänner, dass für diese Fantasie keine passende Voraussetzung geschaffen würde. Vergeblich.

Zum Zeitpunkt, als das Feuer ausbrach, waren alle Anwohner außerhalb der Sackgasse. Die Möllers, an der Ecke, waren selten unterwegs, aber ausgerechnet an diesem Tag unternahmen sie einen Besuch auf den entfernt gelegenen Friedhof, und das war gut so, denn Wilhelm Möller hätte gewiss versucht, das Feuer eigenhändig zu löschen, und seine Frau Annegrete hätte ihn nicht davon abhalten können. Timo Hoffmann, von der gegenüberliegenden Ecke der Sackgasse, hing bei seinem Schulfreund Emre im Imbiss ab. Ben Hoffmann machte Überstunden, und sein Sohn hatte keine Lust, wieder allein zu essen. Sebastian Sperling, neben den Hoffmanns, hatte als ehrgeiziger Jurist einen Zwölf-Stunden-Tag und absolvierte danach noch einen Pflichtbesuch bei seinem Vater.

Marianne Wolff kam als Erste an besagtem Abend von einem kleinen Ausflug zu ihrer ehemaligen Arbeitsstelle am Hafen zurück. Aber da hatte sich das Feuer bereits bis in den Dachstuhl ausgebreitet. Mit zitternden Händen schaffte sie es, 112 zu wählen, und betete, dass das Feuer nicht auf ihr kleines Haus auf der einen Seite und das schöne neue Haus der Alberts auf der anderen Seite übergreifen würde. Miriam, Denis und Leonie Albert waren verreist.

Die Schuberts zogen fort und man hörte nie wieder etwas von ihnen.

1
Die Wölffin und die Alberts

Immer wieder zog es Leonie zu dem abgebrannten Haus. Miriam bemerkte es abends an den schmutzigen Schuhen ihrer Tochter. Es sei zu gefährlich dort, schimpfte sie jedes Mal, es habe seinen Grund, dass dort alles abgesperrt sei. Leonie sah das komplett anders. Schließlich war sie schon dreizehn und kein Baby mehr.

Zwischen notdürftig aufgestellten Bauzaunelementen schlüpfte sie geschickt hindurch. Luft anhalten – Bauch einziehen – und schon ging sie auf gruselig-schöner, weicher Asche. Der Geruch von Verbranntem lag noch immer in der Luft, obwohl das schreckliche Ereignis schon Wochen zurücklag.

Leonie tastete sich vorsichtig an der zusammengeschmolzenen Eingangstür vorbei ins Innere. Heute war Mutprobentag. Zum ersten Mal betrat sie das Innere der Ruine. Licht zwängte sich durch das Dachgeschoss, vorbei an verkohlten Zündhölzern in Monsterformat, die dem Absturz trotzten. Ihr Herz pochte. Sie hielt sich eine Hand vor die Nase, atmete flach. Ein Lichtstrahl deutete wie ein Scheinwerfer auf eine kleine, fein berußte Dose, das Rosenmuster noch schwach erkennbar. Plötzlich ein Knarren. Bewegte sich eines der Riesen-Zündhölzer? Leonie stürzte hinaus ins grelle Licht des Sommertages, Luft anhalten – Bauch einziehen, zurück auf den Gehweg, ein rascher Blick in alle Richtungen – weiteratmen. Die schmale, kurze Sackgasse lag träge dösend in der Mittagshitze. Nur Strubbel schlich von einer Seite zur anderen, zwängte sich unter dem Gartenzaun von Dr. Sperling hindurch und verschwand. Mit dem Zipfel ihrer Bluse wischte Leonie die Rosen frei. Die Dose war leicht, war sie leer? Der Deckel klemmte. Mist.

»Na, da hast du wohl einen kleinen Schatz gefunden.«

Leonie sprang auf die Fahrbahn. Die Wölffin hatte sich angeschlichen und stand hinter ihrem Gartenzaun gleich neben der Ruine.

»Ist nur ´ne alte Dose.« Schwupps verschwand der Mutprobenfund hinter ihrem Rücken.

»Zeig doch mal her.« Die Wölffin öffnete ihre Gartenpforte.

Leonie blieb stehen. War ja klar, dass die Alte mal wieder ihre Augen überall hatte.

»Ich hab gutes Werkzeug, damit bekommen wir die Dose bestimmt auf.«

»Ich muss nach Hause. Meine Mutter wartet schon.«

»Deine Mutter ist bei der Arbeit, Leonie. Sie kommt doch erst am Abend nach Hause. Wenn du Lust hast, komm rein. Ich hab gerade frische Erdbeerschorle gemacht.«

Leonie spürte kleine Schweißperlen den Nacken hinunterlaufen. *Geh auf keinen Fall zu der Wölffin rein, Leonie, hast du verstanden?*

Warum wollte ihre Mutter das nicht? Gut, die Alte sah etwas merkwürdig aus mit ihren zauseligen grauen Haaren, dem T-Shirt mit BE-HAPPY-Aufdruck in ausgewaschenem Pink und Sandalen aus dem vorletzten Jahrhundert.

Die Erdbeerschorle lief jedenfalls prickelig frisch die Speiseröhre hinab, und das zweite Glas ebenfalls. Der Gartentisch war rau, kleine Splitter im farblosen Holz. Der Kater kam über den schiefen Gartenzaun am Ende des Grundstücks und strich Leonie um die Beine. Rasch zog das Mädchen die Füße hoch. Die Wölffin schenkte nach. »Da bist du ja, Strubbel, was treibst du dich bei dieser Hitze rum, leg dich zu uns in den Schatten, Herzchen.« Sie spannte den Sonnenschirm auf, kleine Löcher in verblassten Sonnenblumen. »So, jetzt hol ich mal das Werkzeug, wär doch gelacht, wenn wir die Dose nicht aufbekämen.«

Sie verschwand erneut in ihrem Hexenhäuschen mit dem windschiefen roten Dach, die Fenster so klein und schmal, dass jeder Einbrecher stecken bliebe. Was soll dort auch schon zu holen sein.

Jetzt wäre eine gute Gelegenheit, um zu verschwinden.

Noch rasch einen Schluck. Da kam die Wölffin schon

mit einem Schraubendreher. Im Nu war der Deckel locker, und die alte Frau gab ihr die Dose wieder, ohne hineinzuschauen.

Leonie hob vorsichtig den Deckel ab und entdeckte unzählige kleine bedruckte Zettelchen.

»Die kenn ich vom Chinesen, die sind aus den Glückskeksen.« Leonis Mundwinkel samt Schultern wanderten nach unten, trotzdem nahm sie ein Zettelchen heraus.

»Was steht drauf?« Die Wölffin beugte sich zu ihr. Sie roch nach Erdbeeren, gar nicht nach Muff, wie Mama behauptete.

»Da steht: *An einem Dienstag wirst du Glück haben.*«

»Das ist doch lustig, heute ist Dienstag, und wir beide lernen uns endlich mal kennen. Wenn das kein Glück ist! Schließlich wohnt ihr ja schon ein paar Monate hier.« Die Wölffin schaute ihr in die Augen. Hellblaue Augen, wie ein Husky. *Sie hat so einen komischen Blick, Leonie, irgendwas stimmt mit der nicht. Mach einen Bogen um sie.*

Leonie schloss hastig die Dose und schlüpfte in ihre Sandalen. »Ich muss jetzt gehen. Danke für die Erdbeerschorle.«

»Du kannst gern noch bleiben. Wir könnten *Mensch-Ärgere-Dich-Nicht* spielen. Hast du Lust?«

Miriam schloss die Haustür auf.

»Hallo Leo, bin wieder da. Leo?«

Warum antwortete sie nicht? Lag sie wieder mit Kopfhörern auf ihrem Bett? Bei diesem Wetter? Miriam stampfte die Treppe hinauf und klopfte an Leonies Tür. Kein Mucks. Auf dem Bett lag ihr Handy. Hatte sie sich doch mal wieder mit den Mädchen verabredet und vergessen, es ihr zu schreiben? Ein kurzer Anruf bei Emmas Mutter und Miriam erfuhr, dass die Mädchen-Clique im Schwimmbad war. Alle – außer Leo. Wo steckte ihre Tochter? Doch nicht wieder bei dem abgebrannten Haus? Miriam spürte, wie sich wieder eine dieser Hitzewellen in ihrem Körper ausbreitete und sie zum Glühen brachte. Rasch wischte sie sich den Nacken trocken und schlüpfte in ihre Sandalen. Zum Glück war das abgebrannte Haus gleich nebenan. Sie stellte sich an den Bauzaun und rief Leonies Namen. Im Nachbargarten regte sich etwas. Nur nicht hinschauen. Auf keinen Fall wollte sie mit dieser schrulligen Alten in Kontakt kommen.

»Hallo, Mama, hier bin ich.«

»Was machst du bei der W... Frau Wolff?«

»Erzähl ich dir gleich. Tschüs, Frau Wolff.« Leonie trat auf den Fußweg und umarmte ihre Mutter. Frau Wolff kam langsam ans Gartentor und winkte. »Tschüs, Leonie, bis zum nächsten Mal. Hallo, Frau Albert.«

»Hallo Frau Wolff, schönen Abend noch.« Miriam

nahm ihre Tochter am Arm und schob sie schnellen Schrittes nach Hause.

»Mama, ich versteh nicht, was du gegen die Wölffin hast. Sie ist echt nett und sie riecht überhaupt nicht komisch.«

»Komm, Leo, iss deine Spaghetti, die werden sonst kalt.«

»Das ist keine Antwort, Mama.«

»Ich hab halt so ein komisches Gefühl. Sie lebt so ... so anders und sieht auch nicht gerade gepflegt aus. Außerdem reden die Nachbarn auch so einiges über sie.«

»Wer? Herr Möller etwa? Der hat doch an allem und jedem was zu meckern. Bestimmt redet er auch über uns, weil Papa so oft weg ist und du so lange arbeitest.«

»Musst du noch Hausaufgaben machen?«

»Mama!«

»Ja, schau dir doch nur mal ihren Garten an. Unkraut, wohin man sieht, und das Haus ist völlig heruntergekommen. Sie hat doch seit Jahren nichts mehr machen lassen, und überall streunt ihre Katze rum.«

Leo schob mit Schwung ihren Teller von sich.

»Ah, *Mama Perfect* mit ihrer Tierphobie!«

»Leo, jetzt werd nicht gemein!«

»Ich geh rauf, bin müde. Die leckere Erdbeerschorle von Frau Wolff war bestimmt vergiftet, das sind die ersten Anzeichen.«

Miriam schaute ihrer Tochter nach und seufzte. Das war nun ihr Feierabend: ihre Tochter stocksauer, ihr Mann hunderte Kilometer weit weg und draußen das schönste Sommerwetter. Sie trat auf die Terrasse. Der Rasen musste gemäht werden, und das Unkraut zwischen den Terrassenfliesen wuchs drauflos, als wollte es einen Rekord brechen. War Denis das am Wochenende nicht aufgefallen? Immer blieben die stupiden Arbeiten in Garten und Haus an ihr hängen. Wie machte man eigentlich Erdbeerschorle? Im Internet fand sie ein Rezept mit frischen Erdbeeren, Pfefferminzblättern, Honig und Zitronensaft. Klang lecker.

Es klingelte an der Tür.

»Hallo, Frau Albert, meinem Strubbel geht es plötzlich schlecht. Könnten Sie uns zum Tierarzt fahren? Die Sprechstunde ist gleich vorbei, und ich hab doch kein Auto.«

Die Wölffin knetete ihre abgewetzte Handtasche. Neben ihr auf dem Boden im Transportkorb lag der Kater, flach und schnell atmend.

»Warten Sie, ich hol nur meine Schlüssel.«

»Oh, Gott, hoffentlich hat er kein Gift gefressen.« Die Wölffin schnallte sich an. »Es kam so plötzlich.«

»Der Arzt wird ihm schon helfen. Es ist ja nicht weit.« Miriam musste an die Fahrt ins Krankenhaus denken, als Leonie noch ein Baby war. Um Mitternacht waren sie mit ihr losgefahren, weil sie so schrie und überall Ausschlag hatte. Denis hatte damals die Ruhe bewahrt, während sie schluchzend die Kleine schaukelte.

Mist, sie hatte vergessen ihrer Tochter Bescheid zu geben, und das Handy nicht eingesteckt! Die Wölffin drehte sich immer wieder zu dem Kater auf der Rückbank um. Miriam nahm einen frischen Duft nach Pfefferminze wahr.

Als die Wölffin wenig später aus dem Sprechzimmer des Tierarztes kam, hatte sie gerötete Augen und suchte etwas in ihrer Handtasche. »Ich hatte doch Taschentücher.«

Miriam griff in ihre Rocktasche. «Hier, es ist noch unbenutzt.«

Langsam gingen sie die Fußgängerzone in Richtung Auto.

»Der Arzt sagt, dass Strubbel es vielleicht nicht schaffen wird. Er hat vermutlich Gift gefressen. Mein armer kleiner Strubbel. Ich wär so gern bei ihm geblieben, aber das ging nicht.«

»Sie werden sich bestimmt gut um ihn kümmern. Das ist ein sehr guter Tierarzt, hab ich gehört.«

Die Wölffin blieb stehen, kramte wieder in ihrer Handtasche und gab einer Frau, die auf dem Fußweg saß, ein paar Münzen. Miriam nahm die Frau mit ihren schmutzigen Händen erst jetzt wahr.

Sie gingen weiter.

»Ich kann einfach nicht vorbeigehen. Auch wenn´s mir noch so schlecht geht. Hab früher mit Obdachlosen gearbeitet.«

»Mmmh.« Miriam dachte an ihre Desinfektionstücher, die sie stets im Auto hatte, und fand den Gedanken daran plötzlich peinlich. War vielleicht was dran an Mama Perfect?

Die Wölffin schaute beim Einsteigen auf die leere Rückbank und seufzte. Als sie in die Sackgasse einbogen, standen die Möllers auf dem Fußweg. Miriam sah im Rückspiegel, wie sie hinter ihrem Auto her schauten.

Sie grinste. »Da haben die Möllers heute Abend ja richtig was zum Grübeln. Wir beide in einem Auto.«

»Wollen wir uns nicht duzen? Ich heiße Marianne, aber alle nennen mich Nanni.«

Als das Auto auf der Auffahrt zum Stehen kam, reichte sie Miriam die Hand, und die junge Frau griff zaghaft zu. »Ich heiße Miriam.«

»Danke, dass du mich und Strubbel gefahren hast, Miriam. Ich halte dich auf dem Laufenden, wenn ich etwas vom Tierarzt höre.«

»Ja,... mach das gern ..., Nanni.«

Miriam warf die Schlüssel auf die Kommode und schlüpfte aus den Sandalen. »Bin wieder da, Leo!«

»Wo warst du, Mama?« Das Mädchen kam aus dem Wohnzimmer geflitzt und umarmte sie. Miriam drück-

te ihre Tochter. Schön, dass ein Streit mit ihrer Drei-
zehnjährigen so schnell verflog, wie er gekommen
war.

»Ich war mit Nanni beim Tierarzt. Strubbel geht es
schlecht. Er hat vermutlich Gift gefressen.«

Leo sah sie mit zusammengekniffenen Augenbrau-
en an. Miriam musste lachen. »Welches meiner Wörter
hast du nicht verstanden, mein Schatz?«

»Nanni?«

Einige Tage später ...

»Bist du eigentlich mal wieder im abgebrannten
Haus gewesen?« Nanni stellte Müsli und kalte Milch
auf den Tisch.

»Nö, ich komm jetzt nachmittags lieber zu dir.« Das
Mädchen füllte sich eine große Schale bis zum Rand.

»Das freut mich.« Nanni legte ihre Hand auf Leos
Schulter.

»Und deinen Eltern ist es inzwischen auch recht?«

»Ja, Mama ist total entspannt, weil sie weiß, wo ich
mich jetzt nachmittags rumtreibe.« Leo machte mit
den Fingern Gänsefüßchen in die Luft. »Außerdem
schwärmt sie jeden Tag von deinem Salbeitee, der ihr
so gut hilft wegen ihrer Hitze. Papa weiß noch gar
nicht so viel von dir, der ist auf einer Messe in Mün-
chen.«

»Morgen Nachmittag bin ich vielleicht noch nicht da, wenn du aus der Schule kommst. Ich will zu meinem alten Arbeitsplatz ins *CaFée mit Herz*.« Nanni kritzelte den Namen auf ein Stück Papier.

»Das ist ein schöner Name, Nanni. In *CaFée* steckt die *Fee*. Schade, dass ich nicht mitkommen kann. Blöde Schule. Warum heißt das so?« Leo schob den nächsten Löffel nach.

»Das *CaFée* ist für Menschen, die obdachlos sind. Sie können dort essen, duschen, Kleidung bekommen und klönen. Es ist wie ein Hafen für Menschen und eine gute Fee.«

»Warum gibt es eigentlich Obdachlose?« Leo wischte sich den Milchbart mit dem Handrücken ab.

»Ach, Herzchen, manch einer hat es schwer im Leben und gerät aus der Bahn. Er wird arbeitslos, kann die Miete nicht mehr bezahlen, die Familie bricht vielleicht auseinander. Ein Umzug in eine günstigere Wohnung ist schwierig, weil es davon zu wenig gibt. Tja, und dann hat man plötzlich kein Dach mehr über dem Kopf.«

»Papa sagt, dass niemand auf der Straße leben muss.«

»Glaub mir, das macht keiner freiwillig und gern.«

»Vielleicht werde ich später Bürgermeisterin und lass ganz viele Wohnungen bauen.«

»Toll, werd schnell erwachsen, dann wähle ich dich. Unsere Bürgermeister haben es bisher alle nicht geschafft. Aber dafür haben wir jetzt eine schöne Elb-philharmonie und eine Hafencity.« Nanni stand abrupt auf. »Ich schau mal, ob Strubbel an sein Fressen gegangen ist. So ganz der Alte ist er noch nicht wie-der.«

»Wollen wir gleich noch ein Spiel spielen, Nanni?« Leo rief mit vollem Mund hinter ihr her. »Und du wolltest mir auch noch deine Duftdosen-Sammlung zeigen.« Ihr Handy summte.

Es war Papa. Er war eher zurückgekommen als ge-plant und saß schon im Taxi vom Flughafen nach Hause. Sie schrieb ihm, wo er sie finden könne, und drehte ihr langes blondes Haar um den Finger, wie immer, wenn sie aufgeregt war. Jetzt würden Papa und Nanni sich auch kennenlernen!

»Sagt mal, ihr zwei, was ist das eigentlich mit dieser Nanni? Ich hab sie ja vorhin das erste Mal gesehen ...«

»Ja?« »Ja?« Leo und Miriam schauten von ihrem Nachtisch auf.

»... ich finde sie ziemlich ... wie soll ich sagen ... cra-zy. Ich weiß nicht, ob sie so der richtige Umgang für dich ist, Leo. Allein das Haus und ihre Kleidung, ganz zu schweigen von dem Garten – der geht ja gar nicht. Ich finde, sie sollte sich lieber auf den Anbau von Kräutern konzentrieren, statt sich um Nachbarskinder zu kümmern.«

Leo griff nach ihrem Haar und sah, wie ihre Mutter mit Schwung ihr Schälchen von sich schob, einen Schluck von dem Salbeitee nahm und tief Luft holte.

2
Die Möllers

»Annegrete, Salz!«

Sie zuckte zusammen und glitt mit dem Messer ab. Die Brotscheibe war nicht mehr zu retten. Sie schob sie ganz nach unten. Langsam schlurfte sie ins Esszimmer und stellte den Brotkorb auf den Tisch. Ihr Mann legte den Löffel neben den Teller und schaute sie an. »Und wo ist das Salz? Die Suppe ist wieder mal viel zu fade.« Seine Augenbrauen bildeten einen durchgehenden Balken über dem stechenden Blick.

»Ach, hab´s vergessen.« Auf dem Weg durch den Flur in die Küche schaute sie lächelnd auf ihre Handtasche. Gleich war Tagebuchzeit. Er musste nur erst richtig tief im Mittagsschlaf sein, damit sie die knarrende Treppe hinauf schleichen konnte, um in Ruhe zu schreiben. Ihr Herz stolperte kurz, als sie sich zu ihm an den Esstisch setzte.

»Was stöhnst du wieder, Annegrete?«

»Ach, das blöde Herz. Ist in letzter Zeit etwas schlimmer.«

»Komm jetzt nicht wieder mit der Idee, eine Putzfrau einzustellen.«

Er streute im hohen Bogen Salz in seine Suppe.

»Ich hab doch gar nichts gesagt, Wilhelm. Vielleicht

könntest du ja ab und an mal ein wenig mit anpacken.« Ihr Herz stolperte wieder.

»Warum saß die Wolff eigentlich bei der Albert im Wagen neulich?«

»Woher soll ich das wissen?«

»Na, ihr Frauen sprecht doch seit dem Brand ab und zu miteinander.«

»Ich hab nur gesehen, dass Leonie Frau Wolff nachmittags besucht hat.«

Sollte sie ihm sagen, woran es ihrer Meinung nach lag, dass man ihnen aus dem Weg ging? Nein, das war etwas für ihr Tagebuch. Sie musste auf ihr Herz Rücksicht nehmen.

»Übrigens ich werde den Hoffmanns noch einen zweiten Brief in den Kasten werfen. Danach schalte ich den Anwalt ein.«

»Ach, Wilhelm, warum musst du dich mit allen anlegen? Ist kein Wunder, dass niemand mehr mit uns spricht.« Jetzt war es doch rausgerutscht. Rasch griff sie hinter ihr Ohr und stellte die Hörgeräte leiser.

Wilhelm warf seinen Löffel in die Suppe. »Wie oft soll ich es dir noch sagen, dass man sich auf dieser Welt nichts gefallen lassen darf. Man muss kämpfen und darf sich nicht unterbuttern lassen.«

»Aber du hörst die Musik der Hoffmanns doch gar nicht, wenn du deine Hörgeräte abends rausgenommen hast.«

»Darum geht es nicht. Es geht um Rücksichtnahme

und Gesetze.«

Sie erhob sich, stützte sich dabei auf dem Tisch ab, trug die Teller in die Küche und kam mit einem Wischtuch zurück. Schweigend entfernte sie die Suppenreste, während er vor dem Fenster stand und zu den Hoffmanns hinüberschaute. Die Arme vor der Brust verschränkt, beobachtete er Timo Hoffmann, der gerade sein Fahrrad über die Auffahrt schob. »Na, der Bengel hat schon wieder Schulschluss. Als ich in seinem Alter war, musste ich arbeiten. Nichts mit Abitur und so. Deutschland musste wieder aufgebaut werden.«

»Weiß ich doch, Wilhelm.«

Sie stellte sich neben ihn ans Fenster. »Guck mal, Timos Fahrradkette ist ab.«

»Das kann der doch nie im Leben selbst reparieren, geschweige denn sein Vater in seinem piekfeinen Anzug. Der macht sich doch nicht die Finger schmutzig.«

Wieder das Herz. Dieses Mal besonders heftig. Ihr wurde schwindelig. Druck, als würde jemand eine Gehwegplatte auf ihre Brust stemmen. Übelkeit stieg auf. Sie sank zitternd auf den Stuhl.

»Was ist mit dir?«

»Weiß nicht, grade ganz schlimm.« Sie fasste sich an den Brustkorb, rang nach Luft. Er stürzte zum Telefon, meldete Verdacht auf Herzinfarkt und forderte sehr laut einen Rettungswagen mit Notarzt. Gut, dass er alles darüber gelesen hatte. So lagerte er seine Frau auf dem Sofa mit aufrechtem Oberkörper und wärmte sie mit einer Decke. Ihre kalten Hände, die keine Ruhe fanden, nahm er in seine. Nach endlosen Minuten kam der Rettungswagen.

Sie hatten seine Annegrete auf die Intensivstation geschoben und ihn nach Stunden des Wartens nach Hause geschickt. Er könne jetzt doch nichts für sie tun. Da stand er nun, mitten im Wohnzimmer, in der Hand noch ihre Handtasche. Die Krankenkassenkarte war darin nicht zu finden gewesen, dafür dieses dicke Schreibheft, auf dem *Tagebuch* stand, und der silberne Stift, den Jakob ihr an ihrem letzten gemeinsamen Weihnachtsfest geschenkt hatte.

Er machte sich die restliche Suppe warm. Salzstreuer und Brot standen noch auf dem Tisch, daneben das zusammengeknüllte Wischtuch. Die Suppe schmeckte ihm nicht. Das Brot war schief geschnitten.

Als er auf die Terrasse trat, *knipsten die Nachtkerzen gerade ihre Lichter an*, wie Annegrete es nannte, wenn die Blüten in der Abenddämmerung gelb leuchtend aufsprangen. Nebenan klappte Frau Wolff ihre Gartenstühle zusammen. Er räusperte sich laut und wartete. Hatte sie ihn nicht gehört?

»Guten Abend, Frau Wolff.«

»Guten Abend, Herr Möller.« Frau Wolff räumte weiter zusammen.

»Meine Frau ist heute ins Krankenhaus gebracht worden.« Er stellte sich an die kleine Lücke in der Eibenhecke, die nicht zuwachsen wollte. »Verdacht auf Herzinfarkt.«

»Oh, das ist ja schrecklich.« Die Nachbarin trat an die Hecke. »Das tut mir leid, Herr Möller. Gute Besserung für Ihre Frau und viele Grüße.«

»Ja, danke, Frau Wolff, werde ich ihr ausrichten.« Er bückte sich und riss an der verflixten Ackerwinde, die hier immer wieder ihren Weg über die Hecke suchte, Teufelszeug. Es schwindelte ihn, als er wieder hochkam. Frau Wolff schloss gerade ihre Terrassentür.

Er hatte die Hörgeräte noch nicht abgelegt, da ging es los mit der lauten Musik. Wutentbrannt stürmte er hinaus und klingelte gegenüber bei den Hoffmanns. Nichts passierte. Kein Wunder, die Klingel war nicht zu hören bei dem Lärm. Mit der Faust schlug er gegen die Tür. »Ruhe!«

Gerade wollte er erneut ausholen, als Timo die Tür öffnete. Die Musik schwappte über ihn wie eine riesige Welle, er rang nach Luft, dann wurde alles schwarz.

»Herr Möller, hören Sie mich, hallo, Herr Möller?«

Er öffnete die Augen und sah Timo über sich. Harte, kalte Gehwegplatten unter ihm, aber sein Kopf lag weich, ein Kissen.

»Was ist passiert?«

»Ich glaub, Sie sind kurz ohnmächtig gewesen.«

»Die verdammte Musik hat mich umgehauen.« Er stützte sich auf den Ellenbogen, der schmerzte.

»Bleiben Sie doch liegen. Soll ich einen Notarzt rufen?«

»Blödsinn, mir geht´s wieder gut.« Ein stechender Kopfschmerz, als er aufstand, und sein rechtes Knie weich wie Pudding.

»Danke für das Kissen.«

»Tut mir leid wegen der Musik. Soll ich Sie rüberbringen?«

Er winkte ab.

»Ich hab gesehen, wie Ihre Frau vorhin abgeholt wurde. Ist sie im Krankenhaus?«

»Ja. Verdammt.«

Langsam wankte er über die Straße auf die offene Haustür zu.

»Ich klingel morgen mal bei Ihnen, Herr Möller.« Timo hob das Kissen auf und winkte zu ihm rüber.

Wilhelm Möller schloss die Tür. Heute Morgen war die Welt noch in Ordnung gewesen.

In der Nacht wälzte er sich von einer Seite auf die andere. Die Informationen aus dem Krankenhaus am späten Abend wiederholten sich wie in einer Warteschleife: *Ihre Frau ist noch nicht über den Berg. Sie wird morgen voraussichtlich operiert. Bleiben Sie zu Haus und gehen Sie schlafen ... bleiben Sie zu Haus ... sie wird morgen operiert ... noch nicht über den Berg ...*

Eine warme Honigmilch würde helfen. Welchen Topf nahm sie immer dafür? Er verbrannte sich die Zunge an der viel zu süßen Milch, und am Topfboden klebte am Ende eine hartnäckige braune Schicht. Verdammt.

Im Wohnzimmer lag noch ihr Tagebuch. Tagebücher waren eigentlich etwas ganz Persönliches. Er ließ die Seiten durch seine Finger gleiten und sah im Vorbeiziehen die schöne, gleichmäßige Handschrift seiner Frau. Wieso hatte er sie nie darin schreiben sehen? Er schluckte, die Zunge schmerzte noch.

Er erwachte mit einem stumpf-säuerlichen Geschmack im Mund, und die Sonne blendete ihn. Mit Schmerzen im Rücken und im Ellenbogen erhob er sich vom Sofa. Bei der Morgentoilette stieß er versehentlich ihr Eau de Toilette ins Waschbecken. Es verströmte seinen blumigen Duft. Er wollte ihr heute unbedingt ein paar Sachen vorbeibringen, und wehe die schickten ihn wieder weg!

Es klingelte an der Tür. Wer konnte das sein? Doch wohl nicht dieser Bengel. Er öffnete einen Spalt.

»Hallo, Herr Möller, ich wollte mal hören, wie es Ihnen heute geht?«

»Geht mir gut, danke.« Schnell den Spalt wieder zu.

Es klingelte. »Was ist denn noch?«

»Ich hab Ihnen zwei Brötchen mitgebracht.«

»Nein, danke, kein Bedarf.« Zack – zu den Spalt.

Brötchen! Womöglich noch diese Dinger mit den ganzen Körnern, die sich überall unter die Prothese setzten und so viel kosteten wie ein halbes Brot.

Wieder die Klingel. »Herr Möller, ich kann die Brötchen auch nicht essen, da ist Gluten drin.«

»Was ist da drin?«

»Gluten. Ist im Mehl. Krieg ich Durchfall von.«

»Ich hab die Brötchen nicht bestellt.«

»Ich weiß. Ich dachte, ich mach Ihnen eine Freude.« Timo schaute ihn nicht an und quetschte die Tüte durch den Türspalt.

»Mann, bist du hartnäckig. Dann bezahl ich dir die blöden Dinger eben, warte hier.«

Der Junge folgte ihm schnurstracks in die Küche. »Ist das angebrannte Milch?«

»Was?« Wilhelm holte etwas Kleingeld aus einer Dose.

»Na, das da im Topf.«

»Ja.«

»Einfach noch mal mit Wasser und Spülmittel aufkochen, dann geht's leicht ab.«

»Da hast du einen Euro. Das wird ja wohl reichen. Und nun raus mit dir.«

»Soll ich das mal eben machen?«

»Was?«

»Na, den Topf sauber.«

»Nein, das schaff ich ja wohl noch allein.«

Es klingelte. »Das ist ja wie im Taubenschlag hier

heute Morgen.«

»Morgen, Herr Möller, ich wollte fragen, wie es Ihrer Frau geht. Haben Sie etwas aus dem Krankenhaus gehört?«

»Morgen, Frau Wolff. Nicht gut. Sie wird heute wahrscheinlich am Herzen operiert. Äh ... möchten Sie vielleicht reinkommen?«

»Nein danke, keine Zeit. Ich muss gleich bei den Alberts aufschließen für den Putzmann. Sie sind übers Wochenende weggefahren. Viel Glück für Ihre Frau. Ich drück beide Daumen.«

Das Telefon klingelte. Das Krankenhaus. Er könne seine Frau nachmittags besuchen. Die Operation hätte man verschoben. Warum? Es gebe Komplikationen. Welche? Ein Azubi am anderen Ende. Keine Ahnung. Er legte auf.

»So, ich geh dann mal.« Timo kam aus der Küche.

»Ach, du bist noch da.« Wilhelm starrte auf das Tagebuch.

»Wie geht es Ihrer Frau?«

»Nicht gut.«

»Das tut mir leid. Fahren Sie zu ihr?«

»Geht erst heute Nachmittag.«

»Warum?«

»Stört den Ablauf dort.«

»Mmmh. Muss man ja nicht akzeptieren.«

Die Tür fiel leise ins Schloss. Wilhelm ging in die Küche und kochte Kaffee. Die Menge reichte für zwei.

Die Brötchen waren zum Glück ohne Körner. Er aß im Stehen, schaffte gerade ein halbes. Dann sah er den Milchtopf. Blitzblank und daneben zwanzig Cent. Dieser verfluchte Bengel, damit kann er mich überhaupt nicht beeindrucken. Was hatte er gesagt bevor er ging? *Muss man ja nicht akzeptieren?* Wilhelm atmete tief durch und schaute auf die Uhr. Der nächste Bus Richtung Krankenhaus fuhr in zwanzig Minuten. Das konnte er schaffen.

3
Die Hoffmanns

Timo hielt noch einmal den Brief an seine Nase. Eindeutig das Parfum seiner Mutter. Er legte ihn ganz oben auf den Poststapel.

Da – er hörte Bens Wagen in die Garage fahren. Rasch warf er sich auf die Couch und griff sich sein Handy.

»Hallo Timo. Na Großer, alles klar hier?« Sein Vater hängte das Jackett über den Stuhl, die Krawatte gelockert, versank er in einem der breiten, weichen Sessel.

»Hi Dad, ja alles klar. Siehst fertig aus.«

»Bin ich auch. Gut, dass das Wochenende kommt. Wie war deine Woche? Halt, warte! Bevor du erzählst, lass uns was bestellen oder vom Türken holen, ich hab einen Bärenhunger, du auch?«

»Jep. Da ist noch Gulasch von gestern, reicht locker für uns beide.«

»Hey, super. Ich weiß gar nicht, womit ich einen so tollen Koch in der Familie verdient habe.«

»Ach komm, nicht immer den alten Spruch. Ich mach das Essen warm. Dein Poststapel liegt, wo er immer liegt.« Timo stand auf.

Ben bequemte sich langsam aus dem Sessel. »Schön, wieder zu Hause zu sein. Das war vielleicht ein Stress bei der Arbeit, aber ich hab endlich die zwei Wochen Urlaub in den Herbstferien klargemacht.«

»In der zweiten Woche bin ich ein paar Tage bei Mama.«

»Das kriegen wir hin.« Ben grinste und holte aus seinem Aktenkoffer ein paar Prospekte. »Ich war eben noch auf einen Sprung im Reisebüro. Kannst dir was aussuchen. Last minute geht immer was.«

Während Timo das Essen warm machte und den Tisch deckte, beobachtete er aus dem Augenwinkel seinen Vater, der die Post durchsah. »Na, nichts Wichtiges dabei?«

»Doch schon, aber jetzt bist du dran und mein Magen.« Ben setzte sich und griff sich die Schüssel. »Erzähl, wie war deine Woche?«

»Ach, hab ich dir eigentlich alles schon geschrieben.«

»Weißt du Neues von Frau Möller drüben?«

»Nee, aber ich steh ja auch nicht den ganzen Tag am Fenster und warte, dass Herr Möller aus dem Krankenhaus kommt.«

»Was heißt, du hast mir *eigentlich* alles geschrieben?«

»Was steht in dem Brief von Mama?«

»Mmmmh, lenkst du gerade ab?«

»Ja, nein, im Ernst, das will ich wirklich wissen. Sie hat dir doch noch nie einen Brief geschrieben.«

Die Nudeln fielen von Bens Gabel und platschten in

die Soße. Er wischte sich über das Hemd. »Sie möchte, dass wir uns scheiden lassen.«

»Ach, und warum das?«

»Keine Ahnung, das schreibt sie nicht so genau. Du kennst doch deine Mutter. Ich hab die Vermutung, dass es mit Erik zu tun hat.«

»Und warum spricht sie nur mit dir darüber? Was ist mit mir?«

»Na, weil es unsere Ehe ist, die seit Jahren nur noch auf dem Papier existiert. Es ändert sich de facto gar nichts, Großer.«

»Weißt du doch nicht, vielleicht geht sie ja mit ihrem Lover nach Neuseeland oder sonst wohin. Ich hab doch ein Recht darauf, von ihren Plänen zu erfahren. «

»Ja, gewiss doch. Ich bin sicher, dass deine Mutter demnächst mit dir sprechen wird. Sie macht das halt Schritt für Schritt. Ehrlich gesagt, glaub ich nicht, dass sie ihr geliebtes Weimar verlassen wird.«

Ben legte eine Hand auf Timos Schulter, doch der machte sich frei. »Mann, ich dachte, wir sind ein gutes Team. Mama in Weimar und wir beide hier in Hamburg.«

»Timo, ich muss dich jetzt mal was fragen. Hast du immer noch gehofft, dass Ruth und ich ...«

»Nein, hab ich nicht, aber wir drei – das reicht doch, oder?«

»Na, und was ist, wenn du demnächst irgendwo studierst, eine Freundin hast und dein eigenes Leben aufbaust? Dann sitzen Mama und ich jeder allein zu Haus, oder wie dachtest du dir das?«

»Ich hab keinen Bock mehr.« Timo warf seine Serviette auf den Tisch. »Ihr Erwachsenen macht einfach euer Ding. Nur ich hock hier, geh in diese beschissene Anstalt und bin die meiste Zeit allein. Nie bist du da, keinen Urlaub können wir richtig planen. Immer auf dem Sprung und weg. Dann die Sache mit dem alten Möller gestern, und in Mathe und Bio hab ich wieder vergeigt.«

»Puh, das ist jetzt eine Menge auf einmal.« Ben legte sein Besteck beiseite. »Ich kann verstehen, dass du sauer bist, auf Mama, auf mich. Du hast auch das Recht dazu, denn schließlich haben wir uns getrennt, und du pendelst nun hin und her. Ich weiß, was wir dir abverlangen, Timo.« Ben klopfte mit der Hand auf den Tisch. »Aber die Schule, die machst du zu Ende! Das hab ich deiner Mutter versprochen!«

Er suchte Timos Blick, doch der wich aus. »Ich geh zum Müll, brauch dringend frische Luft.«

Der Junge schnappte sich die fast leere Tüte und stopfte sie draußen in die Tonne.

»Na, sieht aus, als müsste die Tüte für was herhalten.« Nanni kam mit zwei Einkaufstaschen vorbei und stellte sie neben den Zaun. Timo schaute nicht auf, wischte sich über die Augen.

»Ich fand es prima, dass du dem alten Herrn Möller heute Morgen Brötchen vorbeigebracht hast, Timo.«

»Sie bekommen wohl alles mit.«

Nanni grinste. »Na ja, fast alles. Frau Möller geht es übrigens besser, sie ist wohl über den Berg. Ich hab Herrn Möller eben beim Einkaufen getroffen. Da hinten kommt er. So, ich muss weiter, hab Tiefgekühltes dabei.« Nanni nahm ihre Taschen wieder auf. »Tschüs, Timo, und Kopf hoch.«

»Wieso ›Kopf hoch‹, oder hab ich mich verhört?« Der alte Möller kam über die Straße.

»Ach, nix Besonderes. Bisschen Stress mit meinen Eltern.«

»Das ist doch normal in deinem Alter. *Pubertät ist, wenn die Eltern komisch werden.* Hat mein Sohn immer gesagt.«

»Musste der auch unbedingt Abitur machen?«

»Nee, der wurde Kfz-Mechaniker ... schwärmte für Motorräder.«

»Ich hab ein paar Bewerbungen losgeschickt, würde gern im Hotel eine Ausbildung machen.« Timo schaute zur Haustür.

»Aber das wollen meine Eltern nicht.«

»Mmmh, muss man ja nicht akzeptieren.«

Timo lächelte. »Den Satz kenn ich doch.«

»Ja, der ist von so einem Bengel, der die Musik immer zu laut aufdreht.«

»Ja, ein ganz Schlimmer, aber er will sich bessern, hab ich gehört.«

Wilhelm Möller drehte sich um und winkte kurz.

Timo ging schmunzelnd zurück ins Haus.

»Das ist ja super. Einmal zum Müll, und schon lächelst du wieder.« Ben hatte das Geschirr abgeräumt und blickte von seinem Laptop auf.

»Hab Herrn Möller getroffen. Seiner Frau geht's besser. Der war richtig gut drauf, so kenn ich ihn gar nicht. Sag mal, warum sieht man den Sohn eigentlich nie zu Besuch kommen, wohnt der weit weg?«

Ben klappte den Laptop zu. »Der Sohn ist glaube ich vor einigen Jahren tödlich verunglückt.«

»Oh, nein.« Timo setzte sich zu seinem Vater.

»Ich weiß ehrlich gesagt auch nicht mehr.«

»Schade.«

»Timo, lass uns gern noch mal über alles reden. Wenn dir einige Fächer so schwer fallen, dann ...«

»Ja?«

»... dann könnten wir doch einen Nachhilfelehrer suchen.«

Timo richtete sich auf und schaute Ben ernst an. Er stand auf und ging nach oben. Ben schaute seinem Sohn eine Weile nach. Machten sie es richtig? Warum sollte Timo unbedingt Abitur machen? So ganz konnte er Ruths Einstellung nicht teilen. Ging es nicht um viel mehr? Um ein selbstbestimmtes Leben? Schließlich wurde sein Sohn in Kürze achtzehn. War Timo mit achtzehn schon so weit, die Tragweite seiner Entscheidungen richtig einzuschätzen?

Ben ging in die Küche und suchte nach den Tabletten gegen Sodbrennen. Er las den Brief von Ruth noch einmal in Ruhe und griff zum Telefon.

Am Montag klingelte es an der Tür. Durch das Glas erkannte Timo Wilhelm Möller.

»Hallo Timo, hast du ein Paket für mich angenommen?«

»Nee, aber ich bin auch gerade eben erst aus der Schule gekommen.«

»Komisch, ich warte schon seit einer Woche.«

»Haben Sie mal im Internet nachgeschaut, wann es kommen soll?«

»Ach, ich bin da nicht so fit.« Wilhelm kratzte sich am Hinterkopf. »Vielleicht könntest du mir das mal zeigen?«

Timos Magen knurrte und seine Laune nach einem Vormittag Schule war mal wieder auf dem Nullpunkt. »Ja, mach ich, muss aber erst mal was essen.«

»Komm einfach rüber, wenn du Zeit hast, ich bin da.«

»Guten Tag, Nachbarn.« Nanni Wolff kam zu ihnen ans Haus. »Schon gehört? Das abgebrannte Haus kommt endlich weg. Dr. Sperling hat erfahren, dass das Grundstück verkauft wurde.«

»Na, das wird aber auch Zeit. Da wird meine Frau sich freuen, wenn sie aus dem Krankenhaus kommt. Der Anblick der Ruine hat sie immer wieder gegruselt.

Wer will dort bauen?«

Timos Handy summte, und er griff in die Hosentasche. Nanni schaute ernst. »Die türkische Familie, die den Imbiss um die Ecke hat.«

Timo tippte parallel in sein Handy. »Ist doch prima, den Sohn kenne ich, der geht in meine Klasse.«

»Ja, finde ich auch prima. Nette Leute und das Essen ist lecker.« Nanni schaute sich um. »Dr. Sperling sieht das alles etwas, wie soll ich sagen, etwas verkniffen, Ausländer und so. Ich muss dann mal weiter, schönen Tag noch.«

»Ja, danke, Ihnen auch, Frau Wolff. Na, Timo, du siehst ja ganz blass aus.«

Timo starrte auf sein Handy. »Ich hab gerade eine Einladung zum Vorstellungsgespräch bekommen – im Hotel Atlantik!«

»Das ist doch toll. Nichts wie hin. Aber sprich mit deinen Eltern. Hörst du?«

4

Dr. Sebastian Sperling

Aus seinem Aktenkoffer holte er das kleine Modell-auto von Volkswagen, stellte es auf seinen Couchtisch und ließ es ein wenig rollen. Seiner Sekretärin war natürlich nicht entgangen, dass er sich für ein neues Auto dieses Typs interessierte. Ihr Geschenk würde er nicht zu Schrott verarbeiten, wie mit sieben Jahren alle seine Matchbox-Autos.

Zum Glück waren in der Kanzlei nur zwei Kollegen darüber informiert gewesen, dass er heute Geburtstag hatte, und gleich morgens hatte er das Anstands-Händeschütteln hinter sich gebracht. Neununddreißig. Nichts Besonderes. Nächstes Jahr würde er die Catering-Firma beauftragen müssen. So ein Jahr verging schnell.

Er stellte den Geburtstagsstrauß der Kanzlei in die rote Vase aus Ton und gedachte einen Moment seiner Mutter, sah sie nach ihrem Töpferstündchen an der Drehscheibe aus dem Keller steigen, mit rosigen Wangen und rauen Händen, um eilig das Abendessen zuzubereiten. Schnell hatte er dann seine Schrottautos zusammengepackt und ihr geholfen, damit es keinen Ärger gab.

Mit seiner neuen Siebträgermaschine machte er sich

einen Espresso und checkte seine To-Do-Liste im Handy.

Punkte eins bis fünf: erledigt – löschen.

Punkt sechs: Vater besuchen – konnte warten.

Punkt sieben: Die Neuen – konnte nicht warten.

Den ganzen Vormittag hatte er damit zugebracht, nach aktuellen Rechtssprechungen im Baurecht zu recherchieren. Es war nichts Brauchbares dabei gewesen. So wie es aussah, würde er sich wohl oder übel damit abfinden müssen, dass sich demnächst Türken in der Straße breitmachten. Er trat gegen den Papierkorb, der scheppernd umkippte und in Richtung Fernsehgerät rollte. Die Nachrichten zeigten gerade eine Menschenansammlung vor dem Hamburger Dammtorbahnhof, einige Männer trugen Plakate. Er stellte den Ton lauter: »Der Hamburger Verfassungsschutz kam zu dem Schluss, dass hinter den wöchentlich stattfindenden Protestaktionen gegen die Regierung zum Teil Rechtsextremisten stehen.«

Er griff sich seine Jacke und verließ das Haus.

Es hatte zu regnen begonnen, als ihn das Taxi in der Rothenbaumchaussee kurz vor dem Dammtorbahnhof absetzte.

Die Versammlung löste sich gerade auf. Zögernd folgte er drei Männern Richtung Esplanade.

Am nächsten Morgen klingelte sein Wecker und verursachte in seinem Kopf schmerzhafte Vibrationen.

Der Tag versprach nichts Gutes. Es war ruhig in der Straße, nur ein paar Drosseln zeterten auf der Hecke zu den Hoffmanns, während er die Haustür abschloss und den Schlüssel für den Gärtner unter den Stein legte. Er suchte in seiner Jacke nach einer Aspirin, dabei streifte sein Blick die andere Straßenseite, den Bretterzaun um die Ruine. Als Erstes sah er die roten Hakenkreuze, dann las er *Ausländer raus! Islam gehört nicht zu Deutschland!*

Er starrte hinüber.

»Oh, nee, was soll das denn?« Timo kam aus dem Nachbarhaus.

»Weiß ich auch nicht.«

»Hört der Schwachsinn denn nie auf?«

»Mmmh. Ich muss zur Arbeit.« Mit der Fernbedienung öffnete er das Garagentor.

»Bin gespannt, was Emre dazu sagt.«

»Wer?«

»Emre. Der Sohn der Familie, die dort bauen will. Er geht mit mir in die Studienstufe. Ein Überflieger. Ich glaub, er will Jura studieren. Sind Sie nicht auch Jurist? Vielleicht können Sie ihm ja ein paar Tipps geben.«

»Ich glaube nicht. Ist schon so lange her mit dem Studium. Ich muss los. Schönen Tag noch.«

»Ihnen auch, Dr. Sperling.« Timo konnte sich ein Grinsen nicht verkneifen, schwang sich auf sein Fahrrad.

Die Kopfschmerzen verfolgten Sebastian Sperling den ganzen Tag, genau wie das Bild des beschmierten Bauzauns. War er das gewesen? Hatte er einen Filmriss?

Am Abend war nur noch der Punkt vom Vortag auf seiner Liste übrig. Also gut, dann eben heute.

»Guten Tag, Vater.« Sebastian Sperling zog seine Hosenbeine leicht hoch und setzte sich. »Warm hast du es hier. Ich werde mal das Fenster etwas öffnen.« Er beugte sich über den alten Mann im Sessel und eine Wolke Uringeruch umschwebte ihn. »Was gab es denn heute zum Mittagessen, lass mich mal schauen. Oh, Sauerbraten. Den will ich mir am Wochenende auch machen. Nach Mamas Rezept.«

Sein Vater blinzelte, starrte dann wie zuvor auf das Bild an der Wand über Sebastians Kopf.

»Ich hab heute nicht viel Zeit, Vater. Reichlich Vorbereitungen für die Kanzlei. Morgen kommt ein wichtiger Klient.«

Der Vater gab einen laut brummenden Ton von sich und zeigte auf sein Getränk auf dem kleinen Tischchen zwischen ihnen. Sebastian reichte ihm den Becher. Ein paar Tropfen des roten Saftes landeten auf dem Hemd des alten Mannes.

Er schaute hinab: »Rentnerbroschen«, wischte sich mit der Hand den Mund ab und diese anschließend an der Hose. »Wann kommt deine Mutter endlich und holt mich ab?«

»Mama kommt bald, Vater.«

»Ich kann nicht mehr lange warten, wenn sie nicht kommt, muss ich ohne sie los.«

»Warte noch ein bisschen, sie kommt bestimmt. Es gibt auch gleich Abendbrot. Der Essenswagen steht schon vor der Tür von Herrn Evers.«

»Wer verteilt?«

»Die kenne ich nicht. Eine junge Frau mit kurzen dunklen Haaren.«

»Ach, die. Von der nehm ich das Essen nicht. Wer weiß, ob sie sich die Finger gewaschen hat. Alle dreckig, alle dreckig.«

»Sie trägt Handschuhe, Vater. Übrigens in unserer Straße tut sich was. Das Grundstück mit dem abgebrannten Haus ist verkauft – an Türken.«

»An Türken? Dein Großvater und ich hätten gewusst, wie man das verhindert.« Sein Vater stieß mit dem Knie gegen das Tischchen und der Saftbecher kippte um. Die rote Flüssigkeit tropfte auf Sebastians Schuh.

»Oh nein, Mist. Die sind ganz neu.« Er griff nach den Papiertaschentüchern und betupfte den Schuh.

»Ich muss sofort nach Hause, Vater, sonst ist der Schuh ruiniert. Das ist teures Wildleder.«

»Schick deine Mutter her, wenn du zu Hause bist. Sag ihr, ich warte nicht mehr lange, wenn sie nicht kommt, muss ich ohne sie los.«

»Ach, Vater, verdammt, Mama ist seit fünf Jahren

tot, wann kapierst du das endlich?« Er warf das Taschentuch in den Papierkorb und ging.

Auf dem Flur hörte er die väterliche Stimme. »Sieh zu, dass das Dreckspack sich nicht festsetzt in meiner Straße, und schick deine Mutter her, wenn sie nicht kommt, muss ich ohne sie los.«

Dreimal drückte er auf den Aufzugknopf, obwohl dieser schon nach der ersten Berührung aufleuchtete. Die verbeulte Metalltür wies einen Spalt auf, der sich nach oben hin verbreiterte. Hinter dem Spalt sah er die helle Fahrstuhlkabine herabsinken. Als sich die Tür aufschob, zögerte er kurz. Den Pfleger hatte er schon häufiger auf dem Flur gesehen. Sein Vater hatte die Unterstützung von Ali beim Duschen verweigert.

»Guten Abend, Herr Sperling.« Der Altenpfleger drückte auf einen der Knöpfe.

Sebastian schaute auf seinen Schuh. »Guten Abend.«

Ruckelnd und knarrend schloss sich die Fahrstuhltür.

Nach wenigen Sekunden blieb der Fahrstuhl stehen. Sebastian schaute auf die Anzeigentafel. Sie befanden sich zwischen dem vierten und dritten Stockwerk Hastig drückte er alle Knöpfe.

»Am besten gar nichts drücken und abwarten, dann setzt er sich von allein wieder in Gang.« Ali lächelte.

»Das hätten Sie vorher sagen müssen.«

»Sie waren zu schnell. Dann warten wir halt jetzt.«

»Und wie lange dauert das erfahrungsgemäß?«

»Etwa zwei Minuten.« Ali holte sein Handy aus der Hosentasche.

Sebastian lockerte seine Krawatte und öffnete den obersten Hemdknopf. »Was machen wir, wenn es nach zwei Minuten nicht weitergeht?«

»Dann drücken wir den Notknopf und hoffen, dass der Hausmeister noch da ist. Kein Empfang.« Ali steckte das Handy zurück.

»Klingt nicht gerade beruhigend.«

»Neulich bin ich mit einem Bewohner drei Stunden stecken geblieben.« Ali schaute auf Sebastians Stirn, auf der sich kleine Schweißperlen bildeten. »Aber danach war die Wartungsfirma da und hat was repariert. Wir mussten zwei Tage das Essen durch das Treppenhaus tragen. Alter, hatte ich einen Muskelkater!«

»Ich glaube, zwei Minuten sind jetzt um.« Sebastian drückte auf den Alarmknopf. »Und nun?«

»Abwarten, ob der Hausmeister noch da ist.«

»Und wenn nicht?«

Ali sank in die Knie, setzte sich auf den Boden und lehnte sich an die Fahrstuhlwand. »Dann müssen wir hier wohl übernachten.«

Die Tür öffnete sich ein Stück und dahinter wurde Betonwand sichtbar.

»Na, toll. Jetzt fehlt nur noch, dass das Licht ausgeht.«

Sebastian sank ebenfalls auf den Boden. In dem

Moment fing das Licht an zu flackern. »Oh, nein.« Er öffnete seinen Aktenkoffer und tupfte sich mit einem Stofftaschentuch die Stirn.

Ali griff in seine Brusttasche und holte zwei Bonbons heraus. »Möchten Sie einen? Ich heiße übrigens Ali.«

Sebastian schüttelte den Kopf. »Ich weiß.« Er fühlte deutlich seinen Herzschlag und atmete schneller. »Mir ist merkwürdig. Mein Herz rast.«

Ali griff Sebastians Handgelenk. Doch der zog seinen Arm zurück. »Nehmen Sie einen Bonbon, das lenkt ab.«

Die Fahrstuhltür schloss sich wieder, das Licht hörte auf zu flackern.

»Oh, gut, vielleicht geht es gleich weiter.«

»Als ich neulich feststeckte mit dem Herrn Evers, da hat er mir ganz viel aus seinem Leben erzählt. Wir haben gar nicht gemerkt, dass es drei Stunden waren.«

»Soll das heißen, Sie wollen meine Lebensgeschichte hören? Die reicht nicht mal für eine halbe Stunde.«

»Vielleicht hilft es ja, wenn wir ein bisschen quatschen.«

»Mir ist heiß, ich glaub ich bekomm nicht genügend Luft hier drinnen.« Sebastian fummelte wieder an seiner Krawatte und nahm sie ab. Sein Atem ging schnell wie damals nach seinem ersten Joggingversuch.

»Holen Sie tief Luft durch die Nase.« Ali griff nach dem Aktenkoffer. »Was haben Sie alles dabei? Schauen wir mal nach.«

»Was fällt Ihnen ein?«

Bei dem Gezerre um den Koffer fiel die Tageszeitung heraus, und der Autoprospekt rutschte hinterher.

»Hey, in dem Wagen bin ich schon gefahren. Mein Bruder arbeitet bei VW. Er hat dieses Jahr eine Urkunde bekommen.«

»Der Wagen?«

»Nein, mein Bruder.« Ali grinste. »Ist so eine Art Starverkäufer. Die Kunden wollen immer zu ihm, hat sich rumgesprochen, weil er extrem faire Preise macht.«

Das Licht ging aus.

»Oh, nein.«

»Wie viel PS soll er haben?«

»Ich ... ich weiß nicht ... ich glaube, das Modell, das ich mir ausgesucht habe, hat 180.«

Ali pfiff durch die Zähne. »Der geht ab wie ne Rakete, sag ich dir.«

»Ja, das ist so ein super Gefühl, wenn man auf der Autobahn an allen vorbeizieht. «

»Bei dem Modell hörst du drinnen nix davon, absolut leise, und die Musikanlage ist ein Traum, sag ich dir.«

»Ja, die gönn ich mir. Das ist Luxus pur, aber zusammen mit dem Navi und dem Bordcomputer ist das Paket ein Muss.«

»Klaro, Mann.«

»Ja, das Leben besteht doch sowieso nur aus Arbeit und Schlafen, dazwischen wenigstens ein bisschen Spaß.«

»Was ist mit Familie?«

»Nee, kein Bedarf. Schau dir meinen Vater an und du weißt, wer mir das Leben vermiest hat – und den Wunsch nach Familie.«

»Ja, dein Vater ist schon eine ziemliche Herausforderung, besonders für einige von uns.«

»So war er schon immer, ein ultrarechter Despot, und mein Großvater soll noch viel schlimmer gewesen sein.« Sebastian tastete nach seinem Taschentuch, wischte sich über die Augen. Gut, dass es dunkel war. Plötzlich fiel ihm die Kneipe in der Esplanade wieder ein – und die drei Männer, mit denen er gestern gesprochen hatte ... über die Baustelle und seine Wut ...

»Es tut mir leid, dass mein Vater so ist.«

»Nicht deine Schuld, Mann.«

Das Licht ging an.

»Hübsche Schuhfarbe.« Ali grinste.

Sebastian lächelte und packte Krawatte und Taschentuch ein. Der Fahrstuhl ruckte und setzte sich in Bewegung. Im Erdgeschoss angekommen, schob sich die Tür auf, als sei nichts passiert.

»Na, da hatten wir ja noch Glück. Wär ein bisschen öde geworden so ohne Verpflegung und Klo.« Ali hob die Hand. »Schönen Abend noch, Herr Sperling. Soll ich Ihnen die Adresse von meinem Bruder geben?«

»Nein, nein, ist nicht nötig.« Sebastian ging Richtung Ausgang. Er hatte noch etwas weiche Knie. Dann drehte er sich um. Ali stand vor dem Fahrstuhl und tippte in sein Handy.

»Ach, wissen Sie was, ich hätte die Adresse doch gern.«

5
Oktays Grill und die Özers

Oktay Özer pfiff vor sich hin, während er die Schalen aus der Spülmaschine holte. Die beiden Fleischspieße drehten sich gemächlich und verströmten einen wohligen Geruch. Es sei so schön, ihm zuzusehen, sagte seine Frau oft, wenn sie an einem ihrer freien Tage bei ihm saß und ihn beobachtete, wie er mit geschickten Händen seine Soßen anrührte, die Salatschalen füllte, Platten mit Köfte, Falafel und Baklava belegte, die Kühlschränke mit Getränken auffüllte, die vier Tische samt Stühlen zurechtrückte und alles einer letzten Sauberkeitsprüfung unterzog, bevor er den Imbiss aufschloss. Dabei unterhielten sie sich über die Familie, den Neubau und was sonst noch so anlag. Am Ende setzte er sich zu Selen in die Familienecke gleich neben dem Tresen, und sie schlürften ein Glas frischen Chai.

Heute war einer von Selens Arbeitstagen. Die alten Leutchen versorgen – wie sie es nannte.

Die Türglocke bimmelte. Von seinem Platz aus sah Oktay seinen Vater hereinkommen, gefolgt von seinem Sohn und Timo.

»Oktay! Was sagst du zu dem Geschmiere an dem Bretterzaun, ich bin ganz durcheinander, was sollen wir denn davon halten, wenn ich das deiner Mutter berichte, wird sie sich weigern, mit in das neue Haus zu ziehen.«

»Hallo erstmal. Wovon sprichst du?«

Sein Vater zog ein großes Stofftaschentuch aus der Hosentasche und wischte sich damit den Schweiß von der Stirn, während sich Emre zu Oktay auf die Bank setzte und für seinen Großvater antwortete. »Timo hat gesehen, dass auf dem Zaun am Grundstück zwei blöde Sprüche stehen. Und Opa hat sie eben beim Spaziergang auch entdeckt.«

»Ja, und was steht da nun?« Oktay Özer schaute in die Runde. Sein Vater winkte ab und verschwand auf die Toilette.

Timo überprüfte die Reißverschlüsse an seinem Rucksack. Emre schaute seinen Vater an. »Ausländer raus. Islam gehört nicht zu Deutschland.«

»Ach, herrje, diese platten Parolen! Ich hol uns mal einen Chai.« Oktay erhob sich.

Emre grinste Timo an. »Hab ich dir doch gesagt. Meinen Vater kratzt das nicht. Komm setz dich.« Er klopfte mit der Hand auf die Eckbank.

»Habt ihr schon Schulschluss, wollt ihr was essen?« Oktay kam mit drei kleinen gefüllten Teegläsern zurück.

»Nee, danke, nur zwei Freistunden.« Emre schnappte sich den Zuckerstreuer. »Was passiert denn nun mit dem Zaun?«

»Der muss natürlich ausgewechselt werden. Ich ruf die Baufirma an.« Oktay rührte in seinem Tee. »Vielleicht war es ja jemand aus der Straße.« Er schaute in die Runde. Emre blickte verstohlen in Timos Richtung, der nahm schnell sein Glas an die Lippen.

»Vielleicht sollten wir alle mal einladen, um uns bekannt zu machen. Es ist ja eine kleine Straße. Wer wohnt da eigentlich so, Timo?«

»Also neben meinem Vater und mir – meine Mutter ist ja in Weimar – wohnt Dr. Sperling. Sein Vater ist im Heim.« Die Jungen wechselten einen kurzen Blick. »Gegenüber von uns wohnen die beiden Möllers, daneben Frau Wolff, dann kommt euer Grundstück und daneben noch Familie Albert – Denis und Miriam mit Leonie.«

»Also ich finde die Idee, alle einzuladen, super.« Emre nahm noch einen Löffel Zucker in seinen Tee. »Mal sehen, was Mama und Bircan dazu sagen.«

Der Großvater kam und setzte sich zu ihnen.

»Du siehst ein bisschen blass aus, Dede.« Emre legte den Arm um seinen Großvater.

»Na, das ist doch kein Wunder, oder? Dieser Hass. Als Oma und ich nach Deutschland kamen, war es bestimmt nicht leicht, sich hier einzuleben, aber so einen Hass gab es damals nicht.«

»Waren Sie auch Flüchtlinge?«

»Nein, Timo, wir wurden in Istanbul angeworben. Deutschland suchte damals billige Arbeitskräfte, und wir hatten keine Arbeit in der Türkei. Das war 1970. Schon fast ein halbes Jahrhundert her.«

Oktay schob seinem Vater einen Chai hin. »Komm, trink ein Glas. Wir werden ein schönes Haus bauen für uns alle. Basta. Vielleicht finden wir sogar heraus, wer es war.«

»Ja und dann?« Der alte Mann holte wieder sein Taschentuch heraus. »Stell dir vor, es ist sogar ein Mensch aus der Straße. Können wir dann dort in Frieden leben?«

Die Türglocke bimmelte. Das Mittagsgeschäft begann. Oktay erhob sich. »Wir reden heute Abend weiter, liebe Grüße an Mama und sie soll sich keine Gedanken machen.«

Emre tippte auf seine Uhr und deutete Timo an, dass sie zurück in die Schule mussten.

Der Tag blieb eher ruhig.

Oktay ertappte sich dabei, wie er die Gäste heute besonders genau ansah. War es möglich, dass tagsüber bei ihm jemand Döner aß und nachts seiner Wut auf Ausländer freien Lauf ließ? Wer wusste, dass seine Familie das Grundstück gekauft hatte? Doch nur die Vorbesitzer, der Makler, der Notar und Timo. Warum hatten die Jungen sich so merkwürdig angesehen?

Nanni Wolff kam und ließ sich vier Stück Baklava einpacken. »Schlimm, was da an Ihrem Grundstück passiert ist.«

»Woher wissen Sie, dass das Grundstück mir gehört?«

»Wir werden Nachbarn, ich bin Frau Wolff. Ich freu mich, dass die schreckliche Ruine bald verschwunden ist und Sie dort bauen.«

»Danke, so eine Aufmunterung können wir gut gebrauchen. Ich hatte die Idee, dass wir uns alle mal kennenlernen. Das hilft ja vielleicht dem ein oder anderen ...« Oktay wischte über seine Arbeitsplatte.

»Super Idee. Ich bin dabei. Es kann gern bei mir im Garten stattfinden. So, nun muss ich aber los. Meine kleine Nachbarin Leonie kommt gleich aus der Schule.«

Oktay hielt ihr die Tür auf. »Auf gute Nachbarschaft, Frau Wolff.«

»Ja, auf gute Nachbarschaft, Herr Özer. Wir hören voneinander wegen des Treffens.«

Kurze Zeit später setzte sich ein Mann draußen an den Tisch. Ungewöhnlich. Die Gäste bestellten normalerweise zuerst bei Oktay am Tresen. Nun gut. Ein Neuling. Oktay ging hinaus.

»Hallo, was kann ich Ihnen bringen?«

»Äh ... Döner?«

»Dönerteller oder Dönertasche?«

»Was empfehlen Sie?«

»Das ist Geschmackssache.«

»Ich muss gestehen, dass ich noch nie beim Türken

gegessen habe.«

»Ja, dann kommen Sie doch mit rein und ich zeig Ihnen, was es so gibt.«

»Nein, nein, bringen Sie mir einfach einen Dönerteller.«

»Pommes? Reis? Geflügel oder Kalb?«

»Ich versteh nicht.«

»Möchten Sie lieber Pommes dazu oder lieber Reis?«

»Äh, Pommes ... und Geflügel, bitte.«

Während Oktay das Gericht zubereitete, kamen Selen und Bircan. Selen hatte ihre Tochter von der Schule abgeholt. Es hatte gestern einen Verdächtigen in der Nähe der Schule gegeben, der einen Jungen zu sich nach Hause hatte einladen wollen. Zum Glück war das Kind misstrauisch geworden und ins Schulbüro gelaufen. Man hatte alle Eltern informiert.

»Hallo, ihr zwei. Ich mach rasch die Portion für den Gast draußen.«

»Kann ich ihn bedienen?« Bircan stand wie aus dem Boden gewachsen neben ihm.

»Erst Hände waschen, Madame.«

Bircan balancierte den Teller mit Besteck und Serviette geschickt nach draußen. Durch die Scheibe beobachtete Oktay seine Tochter, wie sie sich fröhlich mit dem fremden Mann unterhielt. Wo war die Grenze zwischen Vorsicht und freudiger Kontaktaufnahme?

Sie hatten sich vorgenommen, am Wochenende mit Bircan behutsam zu reden.

Da stürmte die Kleine auch schon wieder herein. »Er möchte eine Cola. Außerdem hat er mich gefragt, wie alt ich bin und wie ich heiße. Ich hab gesagt acht, stimmt ja auch – fast.« Sie lächelte und gab ihre kleine Zahnlücke preis, während sie von einem Bein auf das andere hüpfte und ihre Locken mitwippten. »Er heißt übrigens Sebastian und wohnt in unserer neuen Straße gleich gegenüber von uns.«

Oktay drehte sich zum Kühlregal um, holte eine Cola heraus, griff nach einem Glas und gab beides seiner Tochter. »Langsam gehen, Madame, und nicht die Stufen runterhüpfen.«

Bircan schwebte wie die zukünftige Chefin nach draußen. Selen kam zu ihrem Mann hinter den Tresen und legte eine Hand auf seinen Rücken. »Du bist so ernst, alles in Ordnung mit dir?«

Oktay erzählte ihr von den Parolen, seinem besorgten Vater und dem gut informierten Gast da draußen.

Nun schaute auch Selen sehr genau auf ihre Tochter und den Fremden, die sich prächtig unterhielten. Bircan nahm nicht einmal die Hand vor den Mund, um ihre Zahnlücke beim Sprechen zu verdecken. Da kam sie auch schon wieder in den Laden gesegelt. »Er findet das Essen super lecker, hat er gesagt. Kann ich auch eine Cola und mich zu ihm setzen?«

»Nein. Bircan, du kennst die Regel. Der Gast isst in

Ruhe und ungestört sein Essen.«

»Er hat aber gesagt, dass ich mich gern zu ihm setzen darf.«

»Nein! Ende der Diskussion!« Oktay wechselte einen Blick mit seiner Frau.

»Komm, Bircan.« Die Mutter nahm sie sanft bei den Schultern und lenkte sie zum Familientisch. »Zeig mir mal, was ihr heute in der Schule alles gemacht habt.«

Kurze Zeit später kam Sebastian Sperling herein, lächelte Bircan im Vorbeigehen zu und trat an den Tresen.

»Hat es Ihnen geschmeckt?« Selen sah auf. Ihr Mann sprach mit ernster Stimme und – ganz anders als üblich – spendierte er dem Gast keinen Chai.

»Ja, sehr gut.«

Oktay überlegte, ob er den Fremden fragen sollte, woher er die Information hatte, dass er mit seiner Familie in die Straße ziehen wollte. Da entwischte Bircan ihrer Mutter und zupfte Sebastian am Hosenbein. »Ich lad dich übermorgen zu meinem Geburtstag ein.«

»Oh, das ist aber sehr nett von dir. Leider kann ich da nicht.«

»Warum nicht?«

Oktay schaltete sich ein. »Bircan, Schluss jetzt.«

Das Mädchen ging mit hängenden Schultern zurück, so als wäre ihr Geburtstag gerade aus Sicherheitsgründen um zwölf Jahre verschoben worden.

Selen nahm sie in den Arm und küsste sie aufs Haar.

Sebastian bezahlte rasch. »Auf Wiedersehen und noch einen schönen Abend.«

6
Nachwirkung

Sebastian spürte den Blick von Oktay Özer in seinem Nacken, während er hinausstolperte.

Warum hatte er gesagt: *Auf Wiedersehen und noch einen schönen Abend*? Wollte er die Familie wirklich wiedersehen? Die Kleine war ja irgendwie ganz niedlich mit ihrer Zahnlücke und ihrer fröhlichen Spontaneität, aber seit wann konnte er sich für Kinder begeistern? Und dann auch noch für türkische? Seit heute? Was war los mit ihm? Erst steckte er mit einem von denen im Fahrstuhl fest und fragte nach der Telefonnummer des Bruders, dann ließ er sich von diesem braunäugigen Lockenkopf einwickeln.

Langsam bog er in seine Straße ein und sah den Bauzaun. Warum in aller Welt musste er heute in diesen Imbiss gehen? Hatte er sich damit womöglich verdächtig gemacht? Irgendwie schon.

Immer wieder sah er die Szene vor sich, wie die Mutter die Kleine umarmte und küsste. Aus dem Vater wurde er nicht ganz schlau. Der war kühl. Distanziert. Ob er etwas ahnte? Er wäre auch misstrauisch, wenn ihm jemand blöde Sprüche an sein Haus schmieren würde. Wo war sein Hass auf Ausländer geblieben, der ihn gestern noch an den Dammtorbahnhof getrieben hatte?

Langsam holte er den Haustürschlüssel unter dem Stein hervor und schloss die Tür auf, streifte als Erstes die Schuhe ab, stopfte sie in den Müll, ließ sich auf die Couch fallen und schlief sofort ein.

Als er aufwachte, fiel sein Blick von der Couch aus in den Garten. Die große Hortensie blühte in zartem Blau, angestrahlt von der Abendsonne wie von einem Bühnenscheinwerfer. Blau gibt es nicht so häufig – hatte Mama damals gesagt, als sie die Pflanze mitbrachte. Wann war sie so riesig geworden? Über Nacht? Wieder sah er die Türkin und ihre kleine Tochter zärtlich nebeneinander.

Ein Satz fiel ihm ein, den er vor Kurzem in einer Reportage gehört hatte: *Wenn man sie persönlich kennt, kann man sie nicht hassen.*

Lächerlich.

Er spürte einen leichten Druck im Magen. Dieser Dönerteller war ihm überhaupt nicht gut bekommen. Er würde bei diesen Türken nie wieder etwas essen.

7
Kontakt

»Hallo Mama, da hast du aber Glück mit deinem Anruf. Wir kommen gerade vom Straßentreff ... Nee, doch nicht im Imbiss, war so ein schöner Sommerabend, da haben wir uns alle bei Nanni im Garten getroffen ... Ach so, das ist Frau Wolff. Wir duzen uns jetzt alle. Bisschen komisch, die Möllers jetzt Wilhelm und Annegrete zu nennen.«

Ben legte Timo eine Hand auf die Schulter, der die Hand abschüttelte. »Sag deiner Mutter, dass ich sie auch gleich noch sprechen möchte.«

»Hast du gehört? Papa möchte dich ... Nö, war nicht langweilig, Emre und Leonie waren ja auch da. Ganz cool soweit. Ich find's gut, dass wir uns alle besser kennenlernen. Gerade auch wegen Sebastian, du weißt schon ... äh, das ist Dr. Sperling. Er und Emre haben sich übrigens lange über Jura unterhalten ... Nee, für mich ist das nichts. Zu viel pauken ... Was? Du hast nachgedacht über mich? ... Wow, das ist ja mal 'ne Ansage ... Und wie kommst du dazu, deine Meinung zu ändern? ... Mit Papa telefoniert? Aha!«

Timo lächelte seinen Vater an und zeigte ihm eine Faust mit Daumen nach oben. »Weißt du was, ich finde es derbe cool, Mama, super ... Wir sprechen morgen noch mal länger, Papa nervt hier, er schleicht schon die ganze Zeit um mich rum, ich geb ihn dir jetzt einfach mal. Hab dich lieb, Mama, tschüs.«

»Hallo Ruth. Hast du unseren Sohn gerade von der Schule befreit? Der umarmt mich hier, stell dir das vor! Ende der Eiszeit ... Ja, wir reden in aller Ruhe in den nächsten Tagen. Ich glaube, er hat da auch schon Bewerbungen laufen. Wilhelm Möller hat ihn vorhin darauf angesprochen. Jetzt werde ich gerade geknufft, vermutlich weil ich heimlich mitgehört habe. Was hast du für einen rüpelhaften Sohn? ... Ach, er ist auch meiner, na gut, dann steck ich ihn und mich jetzt mal ins Bett. ... Ja, war ein netter Abend. Bisschen Spannungen in der Luft wegen der Anfeindungen. Oktays Eltern sind recht früh gegangen, die stecken das nicht so gut weg ... Nein, du kennst mich doch, da halte ich mich raus, das sollen die unter sich klären. Ist ja auch nichts bewiesen. Ich finde es okay, dass die Özers in die Straße ziehen. Sind sympathische Leute, leckeres Essen im Imbiss. Alles gut! Mach dir keine Gedanken. ... Ja, bis die Tage, tschüs.«

»Hast du deine Hörgeräte schon rausgenommen, Annegrete?«

»Nein, ich dachte, wir sprechen noch ein wenig über den Abend. War doch schön, oder? Etwas anstrengend für mich so kurz nach dem Krankenhaus. Hab ich mich wohl etwas überschätzt.«

»Ach, das wird jede Woche besser, glaub mir. Ich bin jetzt auch geschafft, hab längst nicht alles verstanden, wenn alle durcheinander geredet haben. Ehrlich gesagt, weiß ich noch nicht, wie ich es fand. Aus Timos Vater werde ich nicht so ganz schlau. Der sieht alles so besonders locker, auch die Sache mit dem Bauzaun. Die alte Frau Özer war ja sichtlich angeschlagen davon.«

»Ja, sie war ganz bleich, und hast du gesehen, wie sich Oktay und Dr. Sperling immer wieder beäugt haben?«

»Sebastian heißt der jetzt. Alle beim Vornamen nennen erscheint mir doch etwas vorschnell. Man weiß ja gar nicht, ob sich alles so nett entwickelt.«

»Ach Wilhelm, sei nicht wieder so negativ. Ich finde, wir sollten die Hoffnung nicht aufgeben. Schließlich haben wir viele Jahre nur anonym nebeneinander gelebt und geschaut, dass das Unkraut nicht rüberwächst. Das war alles andere als schön.«

»Ich hab Timo leise nach seinem Ausbildungsplatz gefragt. Nee, eigentlich gar nicht so leise.« Wilhelm lacht. »Sein Vater sollte es mitbekommen.«

»Also, Wilhelm!«

»Hast du Frau Albert – äh verflixt – Miriam – nach der Telefonnummer von dem Putzmann gefragt?«

»Ach, nein, das hab ich vergessen. Mach ich morgen, ist doch ein guter Grund, bei den Alberts mal anzuklingeln. Gute Nacht, Wilhelm, ich muss jetzt schlafen.«

»Gute Nacht, Annegrete, schlaf dich gesund.«

»Mama, wie alt ist Timo eigentlich?«
Miriam und Denis lächelten sich an.

»Ich glaube, er wird bald achtzehn.« Miriam ging in die Küche.

»Oh.«

»So, meine Dame, ab ins Bett. Ist schon sehr spät.«

»Können wir beim nächsten Straßentreff alle zu uns einladen, Papa?«

»Ja, wenn es ein nächstes Treffen gibt.«

»Warum sollte es nicht? Wir duzen uns doch jetzt alle und wollen eine richtig gute Straßengemeinschaft werden, hat Nanni gesagt.«

»Mal abwarten, Leo. Die Sache mit den blöden Sprüchen ist ja noch nicht geklärt.«

»Papa, meinst du, das war einer aus unserer Straße?«

»Keine Ahnung. Wir verdächtigen niemanden. So, ab ins Bett.« Denis schob seine Tochter ein Stück die Stufen hoch.

»Immer wenn's interessant wird, muss man ins Bett. Ich werd bald vierzehn, habt ihr das eigentlich auf dem Schirm?«

Miriam kam mit einem Teebecher aus der Küche.

»Ja, in neun Monaten, mein Schatz, gute Nacht.« Leo stampfte die restlichen Stufen hinauf. Miriam setzte sich zu Denis auf die Couch. »Nette Leute, die ganze Familie Özer, oder?«

»Ja, aber nicht netter als eine deutsche Familie.«

»Hey, was soll das denn heißen?«

»Das soll heißen, dass ich diesen Hype um Menschen mit Migrationshintergrund oder Migrationsvordergrund nicht mitmache. Es sind Menschen wie wir alle.«

»Aber einer deutschen Familie hätte keiner rechtsradikale Parolen an den Bauzaun gesprüht, oder?« Miriam pustete über den Tee.

»Nee, vielleicht nicht, aber wenn die deutsche Familie Billig-Klamotten trägt, Haare und Nägel aufbrezelt, ihre Tattoos zur Schau stellt und dann in die falsche Gegend zieht, will die da auch keiner haben.«

»Heißt das, du willst die Özers hier nicht haben?«

»Nein, das hast du falsch verstanden.«

»Findest du etwa gut, was da geschrieben stand?«

»Nein, natürlich nicht. So hab ich es doch gar nicht gemeint, Miriam. Ich wollte sagen, dass ich die Özers genauso behandeln werde wie eine deutsche Familie, die in diese Straße zieht. Kein ‚Oh, die armen Ausländer!‘ und so. Ja, das ist nicht korrekt mit den Sprüchen, aber meine Güte, es ist so vieles nicht korrekt in diesem Land.«

Miriam rührte in ihrem Tee. »Ich hab dazu eine

ganz andere Einstellung, Denis. Ich finde die Familie sympathisch, besonders Selen und Bircan. Ich möchte ihnen beim Einleben gern helfen, und was passiert ist, finde ich ganz schlimm, denn es ist etwas anderes, ob du öffentlich angefeindet oder wegen deines Äußeren ein bisschen schief angeguckt wirst.«

»Ich finde das schiefe Angucken ist auch ganz schön diskriminierend.«

»Mag sein, aber du brauchst keine Angst zu haben, dass man dich und dein Heim anzündet.«

»Und was ist mit den Obdachlosen, die einer mit Benzin übergossen und dann angezündet hat?«

»Ich geh jetzt ins Bett, Denis, gute Nacht.«

»Ach, typisch, immer wenn dir die Argumente ausgehen, brichst du die Diskussion ab. Gute Nacht.«

»Ich bin so müde. Warum wohnen wir noch nicht neben Nanni?«

»Weil eine unbedeutende Kleinigkeit fehlt – das Haus! Komm, steig auf.« Emre nahm seine Schwester Huckepack.

»Ich finde alle sehr nett in unserer neuen Straße. Ich hab Leonie und Nanni nächstes Jahr zu meinem Geburtstag eingeladen. Warum ist Papa nicht bei uns?«

»Weil er noch mal im Imbiss etwas nachsehen will, mein Schatz.«

»Glaubst du das wirklich?« Emre schaute seine Mutter fragend an. Sie legte den Zeigefinger an die Lippen.

»Ich finde es gut, dass wir unsere zukünftigen Nachbarn kennengelernt haben. Es sind so wenige. In unserem Mietshaus wohnen viel mehr Menschen, und die meisten kennen wir nicht. Soll ich nicht doch zurückgehen zu Papa?«

»Nein, lass mal, Emre, der kommt schon klar.« Selen schloss die Haustür auf. »Bringst du Bircan bitte ins Bett? Ich geh noch mal kurz zu Oma und Opa rauf.«

Emre flüsterte: »Ich glaub, sie schläft schon, oder? Meinst du, Oma und Opa ziehen jetzt vielleicht doch nicht mit uns in das Haus?«

»Ich weiß es nicht, Emre.«

»Ich glaube, die Baldriantablette von Selen wirkt jetzt, Baris, lass uns schlafen gehen.«

»Ja, vielleicht geht es uns morgen besser mit dem ganzen Thema. «

»Mmh. Willst du nicht auch eine Tablette nehmen?«

»Nein, ich bin jetzt viel ruhiger. Es wohnen doch sehr nette Leute in der Straße, oder?«

»Weißt du noch, wie groß unsere Ängste waren, als wir nach Deutschland kamen?«

»Ja, das weiß ich noch. Alles war so anders, so fremd, aber das ist schon lange her, Liebes. Wir können stolz auf uns sein. Hier ist jetzt unsere Heimat, hier, wo unser Sohn und unsere Enkelkinder sind.«

»Ich hab mich so gefreut, dass wir bald umziehen, auf das Leben in dem schönen neuen Haus und auf den Garten.«

»Ja, ich mich auch, Feyza. Bestimmt kommt die Freude wieder.«

Nanni schloss die Gartenpforte hinter Oktay und Sebastian.

»Und danke für die Hilfe beim Aufräumen und Abwaschen.« Dann ging sie ins Haus.

Etwas unschlüssig mit den Händen in den Hosentaschen stand Sebastian da. Oktay zündete sich eine Zigarette an.

»Ich hab vor drei Wochen aufgehört mit dem Rauchen, verdammt schwer – gerade heute Abend.«

»Warum gerade heute Abend?« Oktay schaute ihn an.

Sebastian fühlte sich wie ein Schuljunge, der um den heißen Brei herum redete und nicht zugeben wollte, dass er die Fensterscheibe kaputt gemacht hatte. Dies war größer als eine Fensterscheibe.

»Ich weiß nicht. Dieser Stress mit dem Bauzaun ist doch irgendwie nicht vom Tisch.«

Oktay blies den Rauch zwischen den Lippen nach unten.

»Stimmt.«

»Ich wohne übrigens da drüben.«

»Ich weiß.« Oktay nahm wieder einen Zug und schaute auf Sebastians Haus. »Schönes Haus. Hätten wir auch gern.«

»Habt ihr ja auch bald.«

»Das ist nicht mehr sicher. Wenn meine Eltern sich weigern mit einzuziehen, kippt die ganze Finanzierung.«

»Oh.«

Oktay nahm einen tiefen Zug, warf die halbe Zigarette auf den Boden und trat sie langsam aus und hob sie auf. »So, ich muss noch kurz in den Imbiss, gute Nacht.«

»Gute Nacht.«

Sebastian öffnete die Haustür. Unschlüssig stand er im Flur. Irgendwie alles bescheuert. Warum konnte er sich bloß nicht an die Nacht erinnern? Was hätte er sagen sollen? *Ja, ich war es höchstwahrscheinlich. Ich wollte euch hier nicht haben.* Natürlich hatten ihn alle in Verdacht. Warum war er auch so dämlich gewesen und hatte seine Meinung gesagt, als er hörte, dass Türken in die Straße ziehen wollen? Im Zweifel für den Angeklagten, oder? Er beschloss, noch eine Runde zu joggen, den Kopf freizubekommen. Als er nach seinen Sportschuhen unter das Regal griff, rollte ihm die Spraydose entgegen.

Blitzartig war die Erinnerung wieder da. Er sah, wie ihm einer der Männer an dem Abend die Dose zusteckte. Ende des Zweifels. Schuldig.

Sebastian zog die Schuhe an. Er wusste genau, wo er hin wollte. Im Imbiss brannte ein schwaches Licht. Oktay war nicht zu sehen. Er fasste an die Tür. Sie war offen.

Nanni summte leise vor sich hin, als sie die letzten Teller und Gläser in den Schrank zurückstellte. Wie lange war es her, dass sie so viel Geschirr gebraucht hatte? Sie wusste es nicht. Was war passiert, dass man bei ihr – der Wölffin – im Garten sitzen mochte, dort, wo es den Begriff »Unkraut« als Pflanzenbezeichnung gar nicht gab und vieles – wie sie zu sagen pflegte – einen morbiden Charme besaß?

Der Kater sprang zu ihr aufs Sofa und legte sich eng neben sie. »Wenn man uns näher kennt, merkt man, dass wir zwei extrem sympathische Erdenbewohner sind, nicht wahr, mein Strubbelchen?« Nanni gab ihm einen Kuss auf den Kopf.

»Schön, dass Sebastian doch noch gekommen ist. Ich hoffe, dass er und Oktay das hinbekommen. Was meinst du?« Der Kater begann zu schnurren. »Siehst du, du hoffst es auch. Prima, dann sind wir schon mindestens zwei.«

8
Weiter geht's

Die Erde bebte. Nannis Kaffeebecher und Leonis Saftglas tanzten auf dem Gartentisch.

»Menno, wie soll ich meine Hausaufgaben machen, wenn es nebenan so wummert?«

»Die Bauarbeiter haben bestimmt gleich Feierabend.«

»Was machen die da eigentlich?«

»Sie verdichten den Untergrund, damit das neue Haus auf festem Boden steht.«

»Blöder Untergrund, wieso kann der nicht gleich fest sein?«

»Was bist du schlecht gelaunt. Ist was in der Schule?«

»Nee.«

»Was anderes?«

»Nee, ja, nee, weiß auch nicht.«

»Mmh. Hört sich kompliziert an.«

»Na ja, Mama und Papa haben Stress seit dem Straßentreff wegen ihrer Meinungsverschiedenheit.« Sie hob bei dem Wort ihre Hände und zeichnete Gänsefüßchen in die Luft. »Das nervt. Ich hab oben an der Treppe gesessen und gelauscht. Ach, ist ja auch egal.«

In dem Moment schwieg der Rüttler auf dem Nachbargrundstück.

»Ich mach jetzt die blöden Hausaufgaben weiter.« Leonie griff nach ihrem Füller.

Nanni stand auf und strich ihr über den Kopf. »Deine Eltern bekommen das bestimmt wieder hin, und wenn es dich ganz doll nervt, dann sagst du es ihnen einfach mal.«

Leo schien schon wieder vertieft in ihre Mathe-Aufgaben. Nanni ging nach vorn an die Straße und sah, wie die Erdbauer abzogen. Oktays Eltern bogen gerade in die Sackgasse ein. Baris und Feyza kamen eingehakt auf Nanni zu.

»Nun geht es endlich los«, sagte Feyza.

»Und? Aufgeregt?«

»Total! Baris hat gesagt, er möchte jeden Tag einmal zum Grundstück und sehen, wie es vorangeht. Da muss ich doch mit!«

»Ich freu mich, dass ihr doch baut, war ja keine leichte Entscheidung, oder?«

»Nein, überhaupt nicht.« Feyza schaute ihren Mann an.

»Inzwischen interessiert es uns aber nicht mehr, wer der Täter war. Wir schauen nach vorn und lassen uns nicht einschüchtern. Basta.«

Nanni schaute auf die andere Straßenseite. »Guten Abend, Sebastian.« Feyza zuckte zusammen. Sebastian Sperling grüßte stumm zurück und verschwand in seinem Haus.

»Ist er dir sympathisch dieser Sebastian?« Feyza hakte sich wieder bei Baris ein.

»Ich habe ihn in dieser Straße aufwachsen sehen. Das Haus gehörte ja vorher seinen Eltern. Anfangs war er ein fröhlicher Junge mit einer ruhigen, zurückhaltenden Mutter. Der Vater war zum Glück nicht oft zu Hause, denn der ist schon sehr besonders. An der Garderobe hing immer griffbereit ein Ledergürtel.« Nanni schaute die beiden an und sah an den entsetzten Blicken, dass sie verstanden.

»Als seine Mutter vor einigen Jahren schwer krank wurde, hat Sebastian sich rührend um sie gekümmert, bis es nicht mehr ging und sie ins Hospiz kam.«

Baris stützte sich an Nannis Gartenzaun ab, das lange Stehen war nichts mehr für ihn. »Und sein Vater?«

»Der lebt jetzt in einem Seniorenheim und ist schon etwas durch den Wind. Ich habe ihn einmal dort besucht. Am Ende hat er mich rausgeschmissen und gebrüllt, ich würde sowieso mit diesem asozialen Pack unter einer Decke stecken. Damit meinte er die Obdachlosen, für die ich ein großes Herz habe.«

»Oh je.« Fayza schaute zu Sebastians Haus hinüber. »Ja, die Obdachlosen tun mir auch oft leid, besonders im Winter, wenn es nicht genügend Unterkünfte gibt. Aber sie sind ja auch oft mit Schuld daran, dass sie kein Dach mehr über dem Kopf haben.«

Nanni atmete tief ein. Wie oft hatte sie das schon gehört? Ebenso wie die Behauptungen, dass in

Deutschland für jeden gesorgt werde und diese Menschen gar nicht mehr in Häusern leben könnten. Langsam atmete sie wieder aus.

»Ich denke, darüber reden wir mal in Ruhe, wenn ihr hier wohnt. Ich würde euch dann gern etwas von einigen Menschen und ihren Schicksalen erzählen, die ich kennengelernt habe.«

»Ja, das machen wir.« Baris schaute zu seiner Frau. »Ich glaube, wir müssen langsam mal wieder nach Hause. Bald haben wir es ja nicht mehr weit.«

»Guten Heimweg.« Nanni drehte sich zu ihrem Briefkasten.

Sebastian schob das Plissee am Fenster wieder nach oben. Er hatte genug gesehen. Immerhin hatte Nanni ihn gegrüßt. Dass die Türken ihn nicht grüßen würden, hatte er erwartet. Mal sehen, wie lange es dauerte, bis sie mit denen richtig befreundet war. Er sah es vor sich, wie sie gegenseitig Marmeladen austauschten, gemeinsam Kaffee tranken und lachten. War er neidisch? Sein Magen meldete sich. Er hatte heute Morgen vergessen, den Säureblocker zu nehmen. Sein Notebook zeigte den Eingang zweier Mails. Das Immobilien-Portal bot eine Eigentumswohnung und ein Einfamilienhaus in bester Randlage von Hamburg an, weit weg von dieser Straße. Ein kurzer Blick darauf und er klappte das Notebook mit einem Knall zu. Das Telefon klingelte.

»Guten Abend, Herr Dr. Sperling, Ali hier, Ihrem Vater geht es nicht gut.«

»Was heißt das?«

»Wir hatten den Hausarzt hier. Er hat eine leichte Lungenentzündung und liegt im Bett. Er möchte Sie sehen.«

»Aha. Hat er wirklich *möchte* gesagt?«

»Ja, hat er.«

9
Zielgerade

Sebastians Vater lag auf dem Rücken und starrte auf die Lampe an der Decke. Mit den Händen wischte er imaginäre Krümel vom Bettrand. Auf dem Nachttisch das unberührte Abendbrot. Sebastian trat ans Bett, jetzt registrierte der alte Sperling seinen Sohn.

»Da bist du ja. Setz dich.«

Sebastian holte sich einen Stuhl.

»Wie geht es dir, Vater?«

»Beschissen.« Der Alte hustete heftig und lange. Sein Gesicht nahm eine dunkle Röte an. Sebastian ergriff reflexartig den Trinkbecher. Für einen kurzen Moment sah er seine Mutter im Bett liegen. Als der alte Sperling wieder Luft bekam, trank er einen kleinen Schluck und gab Sebastian den Becher wieder.

»Geht wohl mit mir zu Ende. Der Doktor hat es auch gesagt.«

»Das hat der Doktor ganz gewiss nicht gesagt, Vater. War es Dr. Lehmann?«

»Nein, seine Vertretung – mit so einer Nase hätte man den früher gar nicht Arzt werden lassen. Gleich ab nach ...«

»Vater, Schluss.« Sebastian sprang auf. Er schluckte gegen seine aufsteigende Magensäure an. »Ich will dieses Nazi-Zeug nicht mehr hören. Es hat genug Unheil angerichtet, und es geht immer weiter.«

»Quatsch, alles Lügen, die verbreitet werden. Schade, dass dein Großvater nicht mehr lebt. Der wusste Bescheid, war ja dabei.« Der Alte atmete schwer, und eine leichte Fieberröte setzte sich auf seinen Wangen fest.

»Und das hast du nie angezweifelt?«

»Nie! Und das solltest du auch nicht. Sieh zu, dass wir nicht von Ausländern überrollt werden, sonst gibt's bald keine Kirchen mehr, sondern nur noch diese Dinger mit den Zwiebeltürmen. Und schick deine Mutter her, sie soll mich hier rausholen, bevor ich krepiere. Du kannst schon mal meine Sachen packen, dann braucht sie das nachher nicht.«

Sebastian schluckte. Er sah seinen Vater an und betrachtete ihn wie einen Fremden, der einem zufällig während einer langen Zugfahrt gegenübersitzt. Siegfried Sperlings Gesicht war übersät mit Falten. Um den Mund kräuselten sie sich zu einem Fächer. Zwischen den Augenbrauen hatte sich eine tiefe Furche eingegraben. Das graue Haar bildete nur noch einen schmalen Kranz. Aus kleinen trüben Augen schaute Sebastians Vater abwechselnd zur Decke und auf seine schmalen Hände, blaue Adern unter pergamentdünner Haut. Wann hatten sie den Kontakt zueinander verloren? Sebastian sah den Ledergürtel an der Garderobe hängen. Er wurde benutzt, als Sebastian mit sieben Jahren zu spät zum Abendbrot erschienen war. Seine Mutter hatte sich wie eine Löwin dazwischengeworfen und gedroht, seinen Vater zu verlassen, wenn er es noch ein einziges Mal wagen würde, ihren Sohn zu schlagen. So hatte Sebastian sie nie vorher erlebt. Der Vater bestand darauf, dass der Gürtel an der Garderobe hängen blieb, auch wenn er ihn nie mehr benutzte. Worte konnten auch schlagen.

»Ich teile deine Einstellung nicht, Vater. Sie führt nur zu Hass und Gewalt. Du kennst doch überhaupt keine Ausländer. In der Straße wohnt demnächst eine sehr nette türkische Familie.«

»Dann freunde dich doch an mit den Kümmelfressern. Mit so einem Weichei von Sohn kann ich nichts anfangen. Du bist und bleibst ein Mamasöhnchen. Daran ist deine Mutter schuld.«

Siegfried Sperling drehte sich auf die Seite und blickte an die Wand. Jeder Atemzug verursachte ein Rasseln in seinem Brustkorb.

»Vater, lass uns doch endlich Frieden schließen.«

Wandstarren. Sebastian verließ das Zimmer. Ali räumte gerade ein Tablett in den Küchenwagen. »Hallo, Herr Sperling, wie geht´s Ihrem Vater?«

»Nicht gut. Ich glaube er hat Fieber.« Sebastian sank auf einen Stuhl neben der Tür. »Das wird nichts mehr.«

»Aber er bekommt doch ein Antibiotikum, das schlägt bestimmt bald an.« Ali blieb stehen.

»Nein, ich meinte, es wird nichts mehr mit ihm und mir.«

»Mmmh. Das hab ich schon oft gehört, und dann kam es doch anders, meist in der Zielgeraden, wenn Sie verstehen, was ich meine. Nicht die Hoffnung aufgeben.«

10
Ätzende Stimmung

Leonie kam die Treppe herunter. »Nanni hat gesagt, wenn mich das weiter so nervt mit euch, dann soll ich es euch sagen. Ätzende Stimmung hier seit dem Straßentreff. Könnt ihr zur Abwechslung einfach mal wieder nett miteinander reden?«

Denis saß am Esstisch und klappte sein Notebook zu. Miriam kam mit einem Brot in der Hand kauend aus der Küche. Beide schauten zu ihr die Treppe hinauf.

Leonie machte sich gerade und sprach mit verstellten Stimmen:

»Bist du länger geschäftlich unterwegs?

Nein! Wäre es dir lieber?

Ist mir egal.

Na, dann kann ich ja auch ganz wegbleiben.«

Sie stampfte wieder nach oben und knallte ihre Tür zu.

Denis lehnte sich zurück. »Sie hat recht. Ätzende Stimmung hier. Ich hab den Eindruck, du hast gedacht, dein Ehemann hätte eine andere Einstellung zum Thema Ausländer, und jetzt bist du entsetzt.«

Miriam schluckte den letzten Bissen Brot hinunter und setzte sich zu Denis an den Tisch. »So ist es wohl auch.« Sie sprach leise und schaute auf ihre Hände. »Ich dachte immer, dass wir da auf einer Wellenlänge sind. Menschlichkeit, Verständnis für die Notlage anderer, Hilfsbereitschaft.«

»Ach, komm, Miriam, jetzt spiel nicht Mutter Teresa. Das bist du nun wirklich nicht. Die Obdachlosen in der City siehst du doch gar nicht, wenn sie bettelnd die Hand aufhalten, oder du machst einen riesigen Bogen, weil sie so schmutzig sind.«

»Du gibst ihnen aber auch nie etwas, lieber Denis.«

Er schaute in den Garten. »So kommen wir nicht weiter. Ich bin überhaupt nicht so fremdenfeindlich, wie du von mir denkst. Aber du wolltest neulich Abend ja nicht weiter mit mir darüber reden.«

»Na, dann machen wir es eben jetzt.« Miriam richtete sich auf.

»Also, um das mal klar zu stellen. Ich finde die Familie Özer sympathisch. Punkt. Ich hab auch nichts dagegen, dass sie in diese Straße zieht. Punkt.«

»Denis, könntest du das mit dem Punkt bitte lassen?« Sie funkelte ihn an.

»Okay, okay. Mir macht die Entwicklung in diesem Land Sorge. Die Fremdenfeindlichkeit ist so hochgekocht, dass ein Rechtsruck durch Deutschland und auch andere Länder geht, und ich sehe die Demokratie in Gefahr. Ich glaube, dass die Regierung da so einiges falsch gemacht hat in den letzten Jahren. Sie haben definitiv zu viele Flüchtlinge reingelassen.«

»Willst du mit mir jetzt eine politische Grundsatz-diskussion führen? Ich dachte, es geht um die Menschen.«

»Ja, darum geht es doch auch. Es geht um alle Menschen in diesem Land. Alle sollen sich hier wohlfühlen. Dazu müssten aber zum Beispiel die sogenannten Gefährder zügig abgeschoben werden. Damit wir wieder Vertrauen in die Regierung bekommen und uns sicher fühlen.«

Miriam schaute Denis an. »Ach, die Gefährder. Ich mach mir Sorgen über die pöbelnden Menschen auf der Straße. Wohin führt das? Die Juden trauen sich nicht mehr, öffentlich ihre Kippa zu tragen. Menschen mit dunklen Haaren und dunkler Haut werden feindlich angesehen. Dabei sind die, die mit Ausländern Tür an Tür wohnen, gar nicht die, die brüllen und pöbeln. Die kennen oft gar keine Ausländer! Ist das nicht ein Witz?« Sie hielt kurz inne. »Ich glaub, jetzt sind wir doch in einer politischen Diskussion, das wollte ich eigentlich gar nicht.«

»Miriam, das ist wirklich nicht toll, was den Özers passiert ist.«

»Nicht toll nennst du das?« Sie sprang auf. »Wir sollten die Familie hier freundlich empfangen, Denis. Ich mach das gern. Wir sind außerdem Vorbild für Leo, und es ist ein Zeichen – für alle Sperlinge dieser Welt. Ich glaube, nur so geht es. Wenn wir aktiv werden und den Lauten etwas entgegenhalten.«

Mit roten Flecken im Gesicht und den Händen in den Hüften stand sie vor ihm.

»Ich erkenne dich manchmal nicht wieder. Sind das die Wechseljahre, die dich so aufbrausend machen?« Er grinste und wollte sie umfassen.

Sie schob ihn weg. »Was hat das mit meinen Wechseljahren zu tun, wenn ich mich mal klar positioniere und Gefühle zeige? Du hast überhaupt nichts verstanden, Denis! So kommen wir nicht wieder zusammen. So nicht!«

Sie stürzte aus dem Haus und ließ die Tür scheppernd ins Schloss fallen. Denis hörte, wie Leonie die Musik in ihrem Zimmer wieder lauter stellte. Er öffnete sein Notebook. Der Quartalsabschluss musste dringend unter Dach und Fach. Miriam würde sich schon wieder beruhigen.

11

Hilfe

»Oh, nein, nicht schon wieder!« Timo hatte die Garage geöffnet und sah den platten Vorderreifen. Er schaute auf die Uhr.

»Das wird knapp.«

Kurz entschlossen klingelte er gegenüber bei Wilhelm und Annegrete. »Moin, Wilhelm, kannst du mir beim Fahrradflicken helfen und zwar megaschnell?«

»In der hellen Jeans willst du dein Fahrrad flicken?«

»Nee, eigentlich nicht. Ich muss zum Vorstellungsgespräch ins Atlantik und müsste schon weg sein, aber das Fahrrad ...«

»Komm, nimm das von unserem Sohn, das steht im Keller, ist tiptop in Ordnung.«

»Bist du sicher?« Timo folgte Wilhelm etwas zögerlich die Stufen hinab.

»Null problemo, oder wie sagt ihr jungen Leute immer?«

»Ist Annegrete gar nicht da?«

»Doch, die schreibt in ihr Tagebuch, dann ist sie immer ganz versunken und bekommt nichts mit. So, hier ist das gute Stück, hab es kürzlich erst entstaubt und geölt. Wird ja nicht besser, wenn es so rumsteht.«

»Danke, Wilhelm. Ich glaub die Sattelhöhe kommt

sogar hin.«

»Ja, Jakob war ungefähr so groß wie du ... So, nun mal hoch mit dem Ding.« Gemeinsam trugen sie das Rad die schmale Treppe nach oben.

»Danke, das ist meine Rettung!«

»Toi, toi, toi für dein Gespräch.« Wilhelm hob den Daumen. Als der braune Haarschopf auf dem dunkelblauen Fahrrad um die Ecke verschwand, wischte er sich rasch über die Augen. Ein Schauer lief ihm über den Rücken.

Auf dem Rückweg vom Atlantik hielt Timo bei Oktays Grill. Frustfraß nannte seine Mutter diese Form der Nahrungsaufnahme. Völlig verschwitzt, deodorantfrei und in einem Shirt, welches das Gegenteil von overdressed darstellte, war er in letzter Minute an der Alster angekommen. So piekfein hatte er das Hotel nicht in Erinnerung. Die Absage war ihm sicher. Am besten er sagte Ben und Ruth nichts davon.

Nach den ersten gierigen Bissen schmeckte ihm der Döner nicht mehr, und er warf den Rest in den Papierkorb an der Ecke der Sackgasse. Langsam schob er das Rad vor die Haustür der Möllers. An der Hauswand lehnte sein Fahrrad. Hatte er es dort hingestellt? Beide Reifen waren prall mit Luft gefüllt. Er lächelte während er klingelte.

»Hallo Timo, Wilhelm ist gerade nicht da, er holt noch etwas Kuchen. Komm rein.«

»Nein, danke Annegrete, ich will nach Hause, mein Vater kommt auch gleich.«

»Und? Wie hat sich Jakobs Rad gefahren?«

»Ganz super, war echt meine Rettung vorhin, und danke an Wilhelm, dass er meins repariert hat.« Timo stellte Jakobs Fahrrad an die Wand und schnappte sich seins.

»Lief wohl nicht so doll das Gespräch, oder?«

»Mmmh, nee, nicht wirklich.«

»Willst du nicht doch reinkommen?«

»Nee, danke, echt nicht. Ein andermal vielleicht.«

Langsam schob er los.

»Gibt noch viele andere Hotels in Hamburg, Timo, Kopf hoch. Ich hab mich nie im Atlantik wohlgefühlt, die zwei Mal, die ich dort war. Zu etepetete.«

»Zu ... was?« Timo grinste und drehte sich um.

»Etepetete ... äh... übertrieben vornehm.«

»Tolles Wort, muss ich mir merken. Etepetete.«

Er winkte und die alte Frau winkte zurück und ging ins Haus.

Als er das Garagentor schloss, sah er Sebastian nach Hause kommen. »Hallo Sebastian, Emre lässt fragen, ob er dich noch mal wegen des Jura-Studiums interviewen kann.«

»Hallo Timo, ja, wenn´s sein muss, also ich mein natürlich, klar. Hat er meine Nummer?«

»Nö, aber wie ich Emre kenne, klingelt er einfach mal am Wochenende an deiner Tür – wenn dir das recht ist.«

»Mmmh, ich weiß nicht, ja, kann er machen, okay. Schönen Abend noch.«

Timo schloss die Haustür auf, schleuderte die Schuhe von sich und warf die Schlüssel neben das Telefon. Der Anrufbeantworter blinkte. Ruths Nummer. Kein Bedarf. Er hörte noch ihre Stimme, neulich am Telefon: »Mein Sohn hat ein Vorstellungsgespräch im Atlantik, wie cool ist das denn?« Wie konnte sie so schnell ihre Meinung ändern? Gestern noch ganz wichtig Abi und Studium, heute Hotelmanager im Atlantik – wow! Sein Vater war auch nicht besser. Ewig diese Mitleidstour: »Ich will ja nur, dass du glücklich bist, Großer! Soll ich dir noch ein paar gute Hotels in Hamburg raussuchen? Ach was, das Atlantik klappt, das weiß ich!«

Ben schloss die Tür auf. »So ein verdammter Mist. Das Auto ist mitten in der City einfach stehen geblieben. Nichts ging mehr. Abschleppdienst, Werkstatt, Öffis. Mann, war das voll in der U-Bahn.«

»Hallo Papa, ich freu mich auch, dich zu sehen. Blöd mit dem Auto, aber Kopf hoch, das wird schon wieder, ist ja ein Firmenwagen.«

»Hey, was ist denn mit dir los?«

»Nichts, ich geh nach oben, hab schon gegessen.«

»Ach, Schei...benkleister, das hab ich ja ganz vergessen. Wie war es im Atlantik?«

»Ganz gut soweit, nettes Gespräch, lief alles rund. Sie melden sich in ... äh ... ein oder zwei Wochen.«

»Mehr willst du nicht erzählen?«

»Nö.« Timo drehte sich um und ging hinauf in sein Zimmer.

Ben wollte gerade den Anrufbeantworter abhören, da klingelte es an der Tür. Wilhelm brachte Timos Fahrradschloss vorbei.

»Danke, aber wieso haben Sie ... äh ... hast du Timos Fahrradschloss?«

»Ich hatte es vom Gepäckträger genommen bei der Reparatur.«

»Welcher Reparatur?«

»Na, sein kaputter Reifen.«

»So, so, und das kann mein Sohn nicht selbst, da muss er dich alten Mann dafür bemühen?«

Wilhelm spürte den feinen Nadelstich. Wollte er diesen Mann wirklich duzen?

»Hör mal zu, Ben, wenn ich Timo helfe, dann mach ich das gern und freiwillig. Er hat mich nicht darum gebeten, war sozusagen ein Nachbarschaftsdienst.«

»Oh, sorry, wenn ich dir zu nahe getreten bin.«

»Bist du nicht. Ich sag nur, wie es war.«

»Ja, dann mal vielen Dank dafür.« Ben griff zur Tür und schob sie langsam zu.

Wilhelm schaute durch den enger werdenden Spalt. »Schönen Gruß an Timo, wenn's nicht klappt mit dem Atlantik, ist auch nicht schlimm.«

»Warum sollte es nicht klappen?« Ben öffnete die Tür wieder ein Stück. Er verspürte plötzlich große

Lust, den Mann anzubrüllen.

»Als Timo wiedergekommen ist und Jakobs Fahrrad zurückgegeben hat, hatte Annegrete so ein Gefühl, dass es nicht gut gelaufen ist. Frauen halt. Sie hat sich bestimmt geirrt.« Wilhelm drehte sich für sein Alter recht flink um und eilte über die Straße. »Schönen Abend noch, Herr Hoffmann ... äh ... Ben.«

Annegrete hatte sich noch nie in ihrem Gefühl getäuscht, aber das musste er diesem Mann ja nicht auf die Nase binden, der ganz offensichtlich seine Vaterrolle nicht sehr ernst nahm.

Ben schloss die Tür. Jakobs Fahrrad zurückgegeben? Was sollte denn das bedeuten? Langsam hatte er das Gefühl, dass Wilhelm Möller mehr über seinen Sohn wusste als er selbst. Schlimmer noch, dass Timo mehr Vertrauen zu dem alten Mann hatte als zu seinem eigenen Vater.

12
Espresso

Wochenende. Sebastian hatte keine Lust, wie geplant an die Ostsee zu fahren. Er war erschöpft von der Arbeitswoche und den täglichen Besuchen im Heim. Sein Vater sprach wieder mit ihm, weil er allen Streit vergessen hatte. Die Demenz hatte eine gütige Seite, aber sie veränderte leider nicht die politische Einstellung seines Vaters. Die schien sich in tieferen Schichten des Gehirns festgekrallt zu haben.

Die Lungenentzündung schritt voran. Ein neues Antibiotikum sollte es jetzt richten.

Es klingelte an der Tür, Sebastian zuckte zusammen. Emre? Nun war es zu spät für die Flucht ans Meer.

Durch die milchige Glasscheibe der Haustür sah er den dunklen Schopf. Er zögerte kurz und öffnete.

»Hallo Emre.«

»Hallo Sebastian, ich wollte nur sagen, dass übernächsten Samstag unser Richtfest ist. Alle Sackgässler sind herzlich eingeladen.«

»Soll ich was zu essen mitbringen? Äh ... willst du reinkommen?«

»Ja, gern.« Emre zögerte etwas, als er über die Schwelle trat.

»Also ... ich meine, du kannst gern etwas zu essen

mitbringen, wenn du willst, musst du aber nicht. Jeder, wie er mag.« Emre schaute sich vorsichtig im Flur um. Weiße Wände mit großen strahlenden Bildmotiven aus der Hafencity. »Hast du die Fotos gemacht?«

»Ja, Fotografieren ist mein Hobby. Im Moment komme ich allerdings wenig dazu – leider.«

Emre zeigte auf ein Foto. »Die Hafencity ist cool, besonders die Elphi.«

»Mmm, von meinem Büro aus schaue ich genau darauf.«

»Wahnsinn, was für ein Arbeitsplatz. Hätte ich später auch gern. Ich wollte dich auch noch ein paar Sachen fragen zum Jurastudium, aber das können wir auch auf dem Richtfest machen, wenn es dir lieber ist.«

»Von mir aus kannst du mich das auch jetzt fragen. Möchtest du einen Kaffee oder lieber einen Tee?«

Und dann stand Emre Özer entgegen allen Fluchtplänen in Sebastians Küche, und er erklärte ihm, wie seine Siebträgermaschine funktioniert, und ließ den Jungen sie selbst bedienen. Als Emre den ersten Espresso seines Lebens probierte und dabei das Gesicht verzog, mussten sie beide lachen.

Ein Mal dachte Sebastian zwischendurch kurz an seinen Vater und empfand ganz unerwartet ein wenig Mitleid mit dem alten Mann.

13
Nebenwirkungen

Emre zog die Tür von Sebastians Haus hinter sich zu. Es regnete. Er zog die Kapuze über den Kopf.

Sein Herz schlug kräftiger und schneller, so wie nach einem Hundert-Meter-Sprint.

Was war nur mit ihm los? Warum hatte er Sebastian bei seinen Erklärungen zum Studium nicht richtig folgen können und stattdessen nur auf seine Lippen gestarrt? Konnte das alles von dem einen Espresso kommen? Warum holte er sich seine Informationen nicht einfach im Internet oder an der Uni?

Er schaute auf sein Handy. Anna fragte, ob sie sich noch treffen wollten. Klar wollte er das. Anna aus dem Philosophie-Kurs war okay. Sebastian irgendwie nicht. Oder?

14
Richtfest

Ein erster kühler Herbstwind fegte durch den Rohbau, als der Zimmermann mit seinen Kollegen oben auf dem Dach saß und seinen Richtspruch aufsagte. Diesem Ereignis war in der Familie Özer eine hitzige Diskussion über Sinn und Zweck eines Richtfests vorausgegangen. Emre hatte sich unbedingt den besonderen Segen des Zimmermanns gewünscht und das anschließende Zerschlagen des Glases. Oktay hatte den Handwerker in seiner prachtvollen Zunftkleidung gebeten, den Spruch etwas abzuwandeln. Dieser war einverstanden gewesen, ihm war es gleich, ob Gott oder Allah um den Schutz des Hauses und seiner Bewohner gebeten wurde.

Die Bewohner der Sackgasse hatten sich geeinigt, dass jeder etwas zum Buffet beisteuern wollte, denn ihr Weg war ja bekanntlich der kürzeste. Aber auch die zahlreichen Freunde und Verwandten der Familie brachten köstliche Speisen aus verschiedensten Ländern, sodass Selen Mühe hatte, alles auf dem Tisch im Rohbau unterzubringen. Die Kinder fanden sich spontan zusammen und tobten zwischen Sträuchern und Bäumen. Auf dem Sandstrand – wie Bircan die noch nicht vorhandene Terrasse hinter dem Haus nannte –

hatten Oktay und Emre Biertischgarnituren aufgestellt.

Sebastian beobachtete das Treiben von gegenüber. Er lief vom Flurfenster in die Küche, von dort zu seinem Notebook ins Wohnzimmer und wieder zurück in den Flur. Zwischendurch trank er einen Espresso nach dem anderen und spürte mittlerweile ein Summen im Kopf, als würde er entweder gleich abheben oder durchdrehen. Der Immobilienmarkt war abgegrast. Die letzten Schuppen wurden für völlig überhöhte Preise angeboten. Wollte er wirklich fortziehen? Er schaute auf die Uhr. Das Fest hatte vormittags begonnen, nun war es später Nachmittag. Sollte er noch hingehen? Blöd, so spät zu erscheinen, er könnte sagen, dass er noch bei seinem kranken Vater gewesen wäre. An der Station Flurfenster sah er, wie Oktay die ersten Gäste verabschiedete. Er bemerkte Sebastian, grüßte und winkte ihm, er solle rüberkommen.

Sebastian machte Notebook und Kaffeemaschine aus, griff seine Schlüssel und ging hinüber. Oktay war schon wieder hinter dem Haus, aber Bircan entdeckte ihn und lief ihm entgegen.

»Hallo Sebastian. Ich dachte schon, du kommst gar nicht.« Sie griff nach seiner Hand. »Komm, ich bring dich zum Buffet, es gibt voll die leckeren Sachen.« Sie zog ihn über die Schwelle, dann flitzte sie wieder zu den anderen Kindern.

Selen stand allein am Tisch und schob gerade einige Platten dichter zusammen. Sie sahen sich an, und ohne ein Wort zu sagen, öffnete sie die Arme und umarmte ihn. Sebastian blickte verlegen auf das Buffet, stammelte irgendetwas und verschwand auf dem Weg, auf dem er gekommen war. Selen schaute ihm nach, wie er hastig sein Haus aufschloss.

»Was ist denn mit Sebastian los?« Nanni stand in dem Loch in der Wand, das einmal die Terrassentür ausfüllen sollte.

»Oje.« Selen sah Nanni an. »Hoffentlich war das nicht zu aufdringlich mit der Umarmung.«

Sebastians Hände zitterten, als er sich das Blech mit dem Apfelkuchen greifen wollte. Er setzte sich auf den Küchenstuhl. Sein Atem ging schnell. Sein Herz schlug heftig. Der verdammte Kaffee. Quatsch! Es war die Umarmung, gepaart mit seinem schlechten Gewissen. Warum hatte er es Oktay nach dem Straßentreff nicht gestanden? Er war ihm nachgegangen in den Grill, hatte gehört, dass Oktay im Keller räumte. Stand da im schwach beleuchteten Verkaufsraum vor dem leeren Tresen und war wieder hinausgestürzt.

Tränen bahnten sich jetzt ihren Weg. *Tief einatmen und ganz langsam ausatmen* – hörte er die Stimme seiner Mutter und atmete. Dabei fiel sein Blick auf den Spruch, den sie ihm zu seinem achtzehnten Geburtstag in einem hübschen Rahmen geschenkt hatte und der über dem Küchentisch hing:

Wo kämen wir hin, wenn alle sagten: »Wo kämen wir hin?«, und niemand ginge, um einmal zu schauen, wohin man käme, wenn man ginge.

Was hatte Emre gesagt, als er das neulich las?

Zuviel Konjunktiv – ich geh einfach.

Emre und Timo standen bei Oktay am Grill, als Sebastian zum zweiten Mal auf das Grundstück kam. Selen hatte sich draußen zu Nanni, den Möllers, Miriam und Leonie gesetzt. Sie hob lächelnd den Arm, als sie ihn sah. Baris und Feyza verteilten gerade Decken. Die meisten Gäste waren schon gegangen, gerade winkte wieder eine Familie zum Abschied.

Sebastian schob geschäftig die verbliebenen Teller und Platten auf dem Buffet hin und her, bis sein Kuchen Platz fand. War es Einbildung oder beobachteten ihn alle?

»Hey, hallo Sebastian.« Ben stand hinter ihm und klopfte ihm kurz und kräftig auf die Schulter.

»Hallo Ben.«

»Mist, ich hab vergessen, was mitzubringen.« Ben starrte auf das Buffet. »Bin froh, dass ich es überhaupt noch geschafft habe.« Er winkte zu den dreien am Grill. Sein Sohn hob kurz den Kopf und sprach weiter mit Emre und Oktay.

Sebastian füllte sich eine kleine Portion Nudelsalat auf den Teller.

»Na, das sieht aber nicht nach einem experimentierfreudigen orientalischen Gaumenschmaus aus.« Ben grinste und ließ ihn stehen. Rasch legte Sebastian sich noch zwei von den Sesam-Kugeln auf den Teller.

»Mmmmh lecker, die Falafelbällchen mag ich auch so gern. Mama macht die besten.« Bircan stand plötzlich neben ihm und stopfte sich so ein Ding in den Mund.

»Wilschu nich mit rauschgomm?« Schon hatte sie ihn wieder bei der Hand, er konnte sich gerade noch Besteck und Serviette greifen, da zog sie ihn aus dem Haus zu einem freien Platz neben Miriam und Leonie.

»Hallo Sebastian.« Miriam spannte ihre Decke enger um die Beine. »Guten Appetit.«

»Hallo Miriam. Danke. Wo ist denn dein Mann?«

»Vielleicht kommt er noch. Viel zu tun.«

»Ich hab Apfelkuchen gebacken.« Wie blöd war denn der Satz? *Ich hab eine Wassermelone getragen.* Wie im Film »Dirty Dancing«. Einfach die Klappe halten und essen. Das Richtfest war hoffentlich bald zu Ende.

»Guten Tag, möchten Sie auch eine Decke?« Feyza stand vor ihm mit großen Augen und ihre Stimme klang etwas heiser.

»Oma, das ist doch Sebastian Sperling von gegenüber.« Emre kam herüber und fasste Feyza um die Schulter. »Du hast ihn schon beim Straßentreff gesehen. Wir duzen uns doch jetzt alle.« Sie lehnte sich an ihren Enkel und schaute, als sei sie gerade bei etwas ertappt worden. Sebastian erhob sich und griff dankend nach der Decke, dabei fiel sein Besteck in den Sand.

»Ach herrje.« Rasch hob er es auf und wischte es mit der Serviette sauber.

Feyza schmunzelte. »Oktay hätte sich sofort ein sauberes Besteck geholt. Lassen Sie es sich schmecken, Herr Sperling.«

»Sebastian. Einfach Sebastian.«

»Ach ja, lassen Sie es sich schmecken.«

Feyza ging schnell weiter. Emre sah Sebastian an und zuckte mit den Schultern.

»Wer möchte noch eine Bratwurst?« Oktay schwang seine Würstchenzange. Sebastian legte die Decke beiseite und ging zu ihm. Timo und Ben standen etwas abseits, Timo sprach und gestikulierte heftig, während Ben mit den Händen in den Hosentaschen zu Boden schaute. Ein Vater, der aufmerksam zuhörte. Sebastian starrte zu den beiden hinüber.

»Eine oder zwei?« Oktay wedelte mit einer Bratwurst vor Sebastians Gesicht, um dessen Blick einzufangen.

»Äh, eine, danke.«

»Und wir wollen drei!« Vor Oktay am Grill stand plötzlich ein Fremder im schwarzen Kapuzenpullover mit weißer Aufschrift. Er hatte sich offensichtlich einen Teller gegriffen, während zwei weitere Männer sich mit Fingern das Essen vom Buffet direkt in den Mund schoben. Die Unterhaltungen ringsum verstummten.

Selen winkte Bircan zu sich und zog sie auf ihren Schoß.

Langsam legte Oktay die Würstchenzange ab. Ohne den Fremden aus den Augen zu lassen, tastete er nach der Fleischgabel. »Wir haben Sie und Ihre unhöflichen Begleiter nicht eingeladen. Bitte verlassen Sie sofort mein Grundstück.«

»Unhöflich, hört, hört. So isst man doch bei euch Kanaken, oder etwa nicht? Wo ist denn eure berühmte Gastfreundschaft, hä? Und die Fleischgabel bleibt liegen! Her mit den Würstchen, sonst mischen wir hier die Party mal ein bisschen auf. Ist es das, was du willst?«

Der Mann schaute in die Runde, und sein Blick blieb einen Moment länger bei Sebastian hängen. Der sah zu Boden. Timo stellte sich neben Oktay, Emre neben Sebastian. Die vier bildeten eine Reihe auf der anderen Seite des Grills. Ben blieb weiter entfernt und schob seine Hand langsam in die Hosentasche.

»Nein, das ist es nicht, was ich will.« Oktays Hand umschloss die Fleischgabel. »Ich will, dass Sie jetzt auf der Stelle gehen. Andernfalls müssen wir die Polizei rufen.« Oktay sprach den letzten Satz laut und deutlich aus. Die beiden Männer am Buffet horchten auf und kamen kauend heraus. Der eine von ihnen, ein Jugendlicher mit kahl geschorenem Kopf, stolperte über die Schwelle und fluchte, der andere leckte sich grinsend die Finger ab.

Der Kapuzenmann schaute zu Ben. »Keiner benutzt hier sein Handy! Ist das klar?« Er holte mit dem Fuß aus und trat gegen die Beine des Grills. Die vier sprangen zur Seite. Feyza und Leonie schrien auf. Glühende Holzkohle und Würstchen rollten kreuz und quer durch Asche und Sand.

»Da wir nicht um Essen betteln, bekommt hier keiner mehr was.«

Oktay machte einen Schritt nach vorn und fixierte den Kapuzenmann. Sein Gegenüber trug eine randlose Brille, auf dem Pullover stand HTLR. Emre und Timo rückten auf. Der Kahlköpfige und der Fingerlecker bezogen ebenfalls Stellung. Wilhelm erhob sich von seinem Platz, Annegrete zog ihn am Ärmel und zischte ihm etwas zu. Mit zusammengezogenen Augenbrauen befreite er sich, blieb aber stehen. Baris hatte einen Arm um Feyza gelegt, die das Gesicht in den Händen verbarg, ihren Oberkörper vor- und zurückwiegend murmelte sie leise etwas vor sich hin. Miriam sah aus dem Augenwinkel, wie Denis von der Straße her zögernd auf das Grundstück zusteuerte. Leonie folgte dem Blick ihrer Mutter und sah ihren Vater gerade noch hinter der Hecke zu ihrem Grundstück verschwinden. Der Kapuzenmann trat einen Schritt auf Oktay zu.

»Ich schätze mal, du bist hier die Oberzecke. Hat euch die Warnung auf dem Bauzaun nicht gereicht? Da müssen wir wohl andere Saiten aufziehen.«

Der Fingerlecker neben ihm ließ in der herabhängenden Hand sein Springmesser aufschnappen.

Das Geräusch weckte Sebastian aus der Erstarrung. Wie ferngesteuert machte er einen Schritt nach vorn und stellte sich zwischen die Fronten. Dabei trat er auf etwas Hartes, der Sand gab nur wenig nach, er spürte einen Druck unter der rechten Fußsohle.

Er fixierte den Kapuzenmann. »Welche Straftaten wurden bisher begangen?«

Der Kahlköpfige zuckte zusammen.

Sebastian fuhr fort.

»Erstens der Tatbestand des Hausfriedensbruchs §123 Strafgesetzbuch. Sie haben dieses Grundstück unerlaubt betreten und es nach Aufforderung des Besitzers nicht verlassen. Zweitens Diebstahl von Lebensmitteln, drittens Sachbeschädigung.«

Er deutete auf den Grill, sein Fuß wurde langsam heiß. Er konnte sich jetzt keinen Schmerz erlauben.

»Viertens Beleidigung des Eigentümers nach §185 und – ganz gravierend fünftens Volksverhetzung nach §130. Ich werde dem Geschädigten anraten, Strafanträge gegen Sie alle drei zu stellen. Zeugen gibt es ausreichend.«

Er schaute sich um und sah in die entschlossenen Gesichter seiner Nachbarn. »Wenn zu der Androhung körperlicher Gewalt nicht noch Körperverletzung kommen soll, dann verschwindet das Springmesser sofort wieder in der Tasche.« Er schaute zu dem Fingerlecker. »Bis jetzt sind schon ein bis drei Jahre Freiheitsstrafe drin. Noch irgendwelche Fragen?«

Er blickte in die Runde, als stünde er im Gerichtssaal. Sein Fuß brannte, aber er rührte sich nicht von der Stelle. Das Springmesser verschwand. Der Fingerlecker schaute zum Kapuzenmann. »Lass uns abziehen. Hier ist nicht genug los.«

Wilhelm kam auf die Gruppe zu und schwang die Faust. »Haut endlich ab, und wehe, ihr kommt noch mal wieder! Habt ihr nichts Besseres zu tun, als Menschen Angst zu machen? Von eurer Sorte hat es viel zu viele gegeben, aber das gehört ins letzte Jahrtausend, nicht mehr in dieses. Geht das in eure hohlen Schädel?«

»Wilhelm!« Annegrete zog ihn am Arm.

Die Nachbarn erhoben sich einer nach dem anderen von den Bänken und schoben sich gemeinsam vor. Ganz hinten Selen und Miriam mit den Mädchen. Baris wollte Feyza stützen, die wehrte ab und stellte sich hinter Wilhelm und Sebastian.

Die drei Männer wichen zurück. Der Kapuzenmann machte ein Zeichen für den Rückzug. Auf der Straße drehte er sich um, während er weiter rückwärts in Richtung Hauptstraße ging.

»Was bist du für ein mieser Juristenarsch. Verrätst deine treuen Kameraden. Du wirst von uns hören.« Er streckte den Arm schräg nach oben und machte eine Faust.

Die beiden anderen hatten zu laufen begonnen und riefen ihm etwas zu. In dem Moment fuhr blaues Blinklicht in die Sackgasse und drei Polizeiwagen versperrten den Weg zur Hauptstraße. Die Beamten sprangen aus den Autos, zwei schnappten den Kahlköpfigen, als er gerade versuchte, über Wilhelm und Annegretes Grundstück zu entkommen, und legten allen Handschellen an.

Die Nachbarn standen auf der Straße. Denis kam auf sie zu. Miriam zischte ihn an. »Typisch, keine Zivilcourage.«

Eine Polizistin näherte sich der Gruppe. »Wer von Ihnen hat uns verständigt?« Denis hob die Hand.

»Gibt es Zeugen, die etwas gesehen haben?«

Alle hoben einen Arm. Denis schaute zu Miriam. Sie sah zu Boden.

»Wir wohnen alle in dieser Straße. Zumindest bald.« Nanni schaute zu Feyza und wischte sich eine Träne weg. »Mein Gott, was für ein Erlebnis.«

Wilhelm legte ihr den Arm um die Schulter. »Ich finde, wir haben das gut gemeistert.«

»Ja, dank Sebastian! Als er gesprochen hat, konnte ich mich einen Augenblick sortieren, und die Angst wurde kleiner.«

Feyza ging auf Sebastian zu, der sich abseits auf den Kantstein gesetzt hatte und gerade seinen Schuh auszog.

»Ich danke dir Sebastian. Ich danke dir im Namen

meiner Familie!«

Sebastian schaute auf.

»Wofür, Feyza, wofür? Dafür, dass ich diese Hohl-bratzen hierhergeführt habe, als ich betrunken und wütend und ich–weiß-nicht-was-noch war?« Er griff mit zitternder Hand nach seinem Schuh und stand auf. »Ich wollte nicht, dass ihr hier in diese Straße zieht.« Er schrie. »Ich wollte das verhindern! Ich bin kein biss-chen besser als diese Typen.« Er schleuderte seinen Schuh zu Boden. »Konnte ich doch nicht ahnen, dass ihr so nett seid und ich mich bei euch wohlfühle. Konnte ich doch nicht, oder?« Er blickte zu Selen und Oktay und hatte Tränen in den Augen.

Alle standen um ihn herum.

»Es tut mir leid! Es tut mir wirklich, wirklich leid!« Er wischte sich mit dem Ärmel über die Augen. Bircan zwängte sich nach vorn, bückte sich und gab ihm sei-nen Schuh, in der Sohle ein verkohltes Loch.

»Danke, Bircan. Ich glaub, ich muss jetzt mal mei-nen Fuß versorgen.«

Er drehte sich um und humpelte los.

»Sebastian!« Oktays Stimme war laut. Sebastian blieb stehen. »Wir nehmen deine Entschuldigung an.«

Selen trat neben ihn. »Ja, und wehe, du ziehst weg. Emre hat da so etwas angedeutet.«

Sebastian drehte sich um und versuchte ein Lächeln.

15
Wasserwege

Bevor Nanni die Augen öffnete, hörte sie den Regen auf das Dach prasseln. Doch da war noch ein Geräusch, ein monotones Klacken. Woher kannte sie das?

Zwischen Klacken und Regen mischten sich Szenen aus ihrem Albtraum. Abrupt setzte sie sich auf. Das war kein Albtraum. Das Richtfest hatte genau so stattgefunden. Sie schüttelte das verwühlte Kopfkissen und zog langsam Jogginghose und Strickjacke über den Pyjama. Schwaches Tageslicht tauchte ihr Schlafzimmer in erste Farbtöne. Wo war eigentlich ihr Kater? Normalerweise musste sie den Langschläfer jeden Morgen zur Seite schieben um aufstehen zu können. Noch schwankend und barfuß bewegte sie sich in Richtung Bad. Fast wäre sie im Flur über Strubbel gestolpert. Er hockte am Boden und schlabberte etwas. Neben ihm das Klacken. Sie trat mit einem Fuß in etwas Nasses. Oh, nein! Nicht wieder das Dach!

Sie machte Licht und schaute hoch. In der Nähe der reparierten Schäden bahnte sich das Wasser einen neuen Weg und erfreute einzig und allein ihren Vierbeiner mit einer immer größer werdenden Pfütze.

Es klingelte an der Tür. Nanni holte Eimer und Wischtuch. Leise fluchend kniete sie sich auf den Boden. Es klingelte wieder. »Herrje, was denn nicht noch heute Morgen?«

An ihrer großen, schmalen Statur und der roten Jacke, die durch das milchige Glas der Haustür schimmerte, erkannte sie ihre Nachbarin Miriam.

»Guten Morgen, Nanni. Entschuldige, dass ich so früh klingel, aber ich muss mit dir über das Richtfest reden. Leo hat den ganzen Abend geweint und dauernd gefragt, ob diese Männer auch wirklich eingesperrt werden und nie wieder kommen können.«

»Komm rein.« Nanni wickelte ihre Strickjacke fester um den Bauch. Der Morgen ließ den nahenden Herbst erahnen. Miriam folgte ihr in die kleine Küche. »Nimm wieder diesen Stuhl hier, du weißt ja, der wackelt nicht.«

Nanni setzte Wasser auf, stellte zwei Becher auf den Tisch und legte neben Miriams Becher einen Löffel für den Zucker.

»Ich kann Leo gut verstehen mit ihrer Angst, Miriam. Ich hab kaum geschlafen, weil mir immer wieder Szenen durch den Kopf schwirrten. Angst sucht sich ihren Weg genau wie Wasser. Als ich heute Morgen aufwachte ...«

»... ich konnte überhaupt nicht schlafen, Denis schnarchte natürlich schon nach zehn Minuten. Typisch. Ich weiß jetzt nicht mehr, ob ich möchte, dass die Özers in die Straße ziehen. Stell dir vor, das geht so weiter, und sie werden immer wieder von irgendwelchen Rechtsradikalen bedroht. Das möchte ich nicht erleben als direkte Nachbarin und Leo soll das auch nicht.«

»Also, ich denke, dass die Typen nur Bescheid wussten, weil Sebastian ihnen von dem Bauvorhaben erzählt hatte. Die sind jetzt aus dem Verkehr gezogen. Und das ist gut so.« Nanni goss heißes Wasser in die Becher und stellte Teebeutel und Zucker auf den Tisch.

»Oh, heute keinen losen Tee?«

»Ich hab nicht so viel Zeit, erzähl ich gleich. Was wäre denn die Alternative? Wegziehen? Die Özers haben das Recht, hier zu bauen, und ehrlich gesagt, hoffe ich, dass sie es auch tun.«

Miriam zog die Augenbrauen zusammen.

»Es ist die Angst, Miriam. Die Angst vieler Menschen vor dem Fremden und die Suche nach einem Sündenbock, der Schuld hat, dass man zum Beispiel arbeitslos ist oder wenig verdient und so weiter. Ich hab im Moment ein ganz anderes Problem. Mein Dach ist undicht. Ich muss gleich mit dem Dachdecker telefonieren.«

»Oh nein, schon wieder?«

»Ja. Und so eine hohe Rechnung wie beim letzten Mal kann ich nicht noch mal bezahlen. Ich muss mir überlegen, wie es weitergeht. Schau dich um, es ist ja vieles nicht in Ordnung.«

Wie auf Bestellung klapperten die alten Fensterläden.

»Nanni, du ziehst aber nicht weg, oder?«

»Mal schauen, ich möchte nicht, aber meine Rente ist klein. Außerdem werde ich ja auch nicht jünger. Als Helmut und ich damals hier einzogen, wollten wir nicht heiraten, das fanden wir spießig. Als er dann schwer krank wurde, bin ich früher in Rente gegangen, um ihn zu pflegen. Tja, falsch gedacht, nun reicht es nicht hinten und nicht vorn beziehungsweise nicht oben und nicht unten.«

Es gelang ihr ein schiefes Lächeln. Miriam half ihr beim Abräumen, dann legte sie einen Arm um ihre Schultern. »Es gibt bestimmt eine Lösung, Nanni. Als Erstes holst du dir mal einen Kostenvoranschlag, vielleicht ist es gar nicht so teuer.«

16
Panik

Der Fuß tat heute besonders weh. Während Sebastian bei seinem Vater saß und alle zwei Minuten auf die Uhr schaute, schlüpfte er aus dem Schuh und hob das Pflaster an. Bei dem Anblick der Wunde wurde ihm übel. Sollte er doch zum Arzt gehen? War eine Woche nicht schon ein bisschen lang dafür, dass es so gar nicht heilte?

Sein Vater blickte weiter an die Wand. Wieder schaute der Sohn auf die Uhr. Warum kam er überhaupt noch her? Seit Tagen sprach der Alte kein Wort mehr mit ihm. Saß in seinem Sessel und starrte. Als Sebastian die Tür öffnete, um zu entschwinden, hörte er ein leises »Tschüs«. Er zögerte. Sollte er zurückgehen? Wozu?

Die leuchtend roten Hakenkreuze an seiner Hauswand sah Sebastian, als er auf die Garage zufuhr. Er atmete tief durch, parkte den Wagen und suchte seinen Haustürschlüssel.

»Hallo Sebastian, das ist ja eine Schweinerei. Sind die Typen wieder auf freiem Fuß?«

»Hallo Emre, wo kommst du denn plötzlich her?« Sebastian suchte hektisch in jeder Tasche. »Die Typen sitzen in Untersuchungshaft. Aber man hat vermutlich

Beziehungen.«

Er schaute Emre an und zog vielsagend die Augenbrauen hoch.

»Soll ich dir helfen, das abzuwaschen? Ich meine, es ist ja vielleicht noch frisch. Sieht aus wie Blut auf der weißen Wand.

»Danke, Emre, ich schaff das schon allein.«

»Du humpelst ja, ist das noch die Brandwunde?«

»Ja. Wird schon werden. Braucht halt Zeit.« Endlich hatte er den Schlüssel gefunden.

»Ich wollte dich auch noch ein, zwei Sachen zum Studium fragen. Hättest du vielleicht einen Moment?«

Emre machte ein Gesicht, als habe er in eine Zitrone gebissen, und Sebastian musste lachen.

»Ja, okay, komm mit rein. Aber ich muss dich warnen, meine Putzfrau kommt erst morgen aus dem Urlaub zurück.«

Sebastian kam es vor, als habe Emre erst gestern in seiner Küche gestanden.

»Wenn du Lust hast, mach uns beiden einen Espresso. Ich zieh mich rasch um.«

Emre war sofort dabei, und als Sebastian ins Wohnzimmer kam, trug er gerade die Tassen herein. Sebastian setzte sich auf das Sofa. Emre nahm direkt neben ihm Platz. Ihre Beine berührten sich fast. Sebastian fühlte sich wie in einer voll besetzten U-Bahn. Sein Herz schlug kräftiger, seine Hände wurden feucht.

Emre erzählte aufgebracht drauflos, sprach vom

Richtfest und den miesen Typen. Ab und zu berührte er dabei mit seiner Hand Sebastians Oberschenkel. »Wir lassen uns von den Radikalen nicht vertreiben, das findet mein Vater auch. Jetzt müssen wir nur noch meine Großeltern überzeugen.«

Sebastian stürzte seinen Espresso hinunter, sprang auf. »Möchtest du einen Keks?« Ohne Emres Antwort abzuwarten, schoss er in die Küche, hielt sich an der Arbeitsplatte fest und versuchte einzuatmen. Sein Brustkorb war verkrampft.

»Alles klar mit dir?« Emre stand hinter ihm und legte eine Hand auf seine Schulter. Sebastian wehrte ab.

»Ich bekomme gerade fürchterliche Kopfschmerzen. Lass uns das Gespräch ein andermal fortsetzen, okay?«

Er rieb sich die Stirn und ging voraus zur Haustür. Emre folgte ihm.

»Ja, klar, dann mal gute Besserung und danke für den Espresso.«

Tür zu. Versuchen zu atmen. Sein Herz schlug ihm bis zum Hals. Er legte sich auf das Sofa. Es wurde schlimmer, er kam wieder hoch. Angst stieg auf, ein zündender Funke, der sich wie ein Flächenbrand in ihm ausbreitete. Herzinfarkt? Was lief da ab in seinem Körper? Die Gedanken rasten wie Blitze kreuz und quer durch sein Gehirn, er musste Hilfe holen, die Unruhe steuerte ihn wie der Puppenspieler seine Marionette. Irgendwie schaffte er es, den Notruf zu wählen. Die Zeit des Wartens erschien endlos. Was konnte er

tun? So musste es sein, wenn man starb. Allein. In To-
desangst. Er öffnete die Haustür, frische Luft schlug
ihm entgegen, der Herbstwind fegte die ersten Blätter
über den Gehweg, wie ausgestorben die Straße, da
konnte er im Todeskampf verrecken und keine Men-
schenseele war zu sehen. Wieder aufs Sofa. Ruhig atmen. Wie denn, wenn nichts rein ging? Es klingelte. Er
schwankte zur Tür, öffnete und spürte, wie seine Knie
nachgaben. Die Ohren wie mit Watte verstopft, nahm
er Menschen wahr, die ihn mit sicheren Handgriffen
berührten. Eine wohltuende Ruhe breitete sich in ihm
aus, sein Atem wurde tiefer, langsam begann sich die
Watte aufzulösen. Er öffnete die Augen. Die Sanitäter
nickten sich zu. Einer von ihnen packte die Koffer mit
Messgeräten und Medikamenten ein und trug sie aus
dem Haus. Der andere half Sebastian hoch und beglei-
tete ihn zum Sofa.

»Was haben Sie mit mir gemacht? Es geht mir viel
besser.«

»Gar nichts. Es wird in der Regel von allein besser
bei einer Panikattacke. Soweit wir feststellen konnten,
fehlt Ihnen körperlich nichts. Kein Herzinfarkt, kein zu
hoher Blutdruck. Alles im grünen Bereich. Sie sollten
sich trotzdem gründlich durchchecken lassen. Wenn
nichts gefunden wird, was ich vermute, ist psychothe-
rapeutische Unterstützung sinnvoll. Was hat es mit
den Hakenkreuzen an der Hauswand auf sich?«

Sebastian starrte den Mann an. Dabei entdeckte er

ein kleines Namensschild. »Dr. Borg, ich bin froh, dass es nichts Schlimmes ist. Das bekomme ich schon wieder hin. Das mit den Hakenkreuzen ist halb so wild.«

Der Arzt setzte sich auf einen der Sessel. »Nehmen Sie die Panikattacke nicht auf die leichte Schulter, Herr Sperling, von wegen *Psychokram* und so. Es ist gut, dem auf den Grund zu gehen, dafür gibt es Ursachen. So etwas kann sich auch ausweiten. Hatten Sie das schon mal so oder ähnlich?«

»Nein, so heftig noch nie. Nur im Fahrstuhl vor einiger Zeit ein bisschen.«

»Es ist ganz allein Ihre Sache, aber sollten Sie sich für eine Therapie entscheiden, zeigen Sie sehr viel Mut. Es bringt was, das weiß ich aus eigener Erfahrung. So, nun muss ich los, mein Kollege wartet. Bleiben Sie liegen, ich finde allein hinaus.«

Psychokram, genau das richtige Wort. Er war doch nicht durchgeknallt. Warum war ihm dann das Schild von dem Psychotherapeuten neben dem Supermarkt gestern ins Auge gesprungen? Er könnte ja ein unverbindliches Gespräch führen, dann würde schnell klar werden, dass das nur vom Umzugsstress kam. Mut beweisen, lächerlich.

17
Kuchen

»Schreibst du eigentlich noch in deinem Tagebuch, Annegrete?« Wilhelm harkte die abgeschnittenen Zweige der Eibenhecke zusammen, während Annegrete sie in die Biotonne füllte.

Schnaufend kam sie hoch. »Nein, habe gar nicht mehr zu klagen.« Sie lächelte.

Er zog seinen Arbeitshandschuh aus und strich ihr über die Wange. »Das ist schön.«

Timo bremste quietschend vor ihrer offenen Gartenpforte. »Soll ich euch helfen?«

»Was ist mit deiner Fahrradbremse los, und wieso bist du schon zurück?« Wilhelm zog seinen Handschuh wieder an.

»War ein meganettes Vorstellungsgespräch, aber die Hotelchefin hatte nicht viel Zeit. Sie kann sich vorstellen, dass ich im Oktober dort meine Ausbildung anfange, sie meldet sich zeitnah.«

»Ah, *zeitnah*, das Modewort. Willst du denn auch zeitnah deinen Eltern mitteilen, dass du nun gar nicht im Atlantik anfangen wirst?«

»Wilhelm, nun lass doch den Jungen, der macht das schon, wenn er meint, dass es passt. Nicht wahr, Timo? Appetit auf frisch gebackenen Rhabarberkuchen?«

Timo lehnte sein Fahrrad an den Jägerzaun und setzte sich auf die Bank vor dem Haus. Die Sonne meinte es heute noch einmal gut.

»Ob die Typen vom Richtfest wieder frei sind? Ich meine wegen der Hakenkreuze neulich bei Sebastian. Außerdem ist in unserem hinteren Schuppen irgendwie alles verändert.« Timo biss in den saftigen Kuchen.

»Glaube ich nicht.« Wilhelm setzte sich neben ihn. »Was ist denn mit eurem Schuppen?«

»Kann ich nicht genau sagen, vielleicht hat Ben auch nur ein paar Regale verschoben. Ich frag ihn mal.«

Annegrete reichte beiden einen Becher Kaffee. »Nanni hatte den Dachdecker da, weil es wieder durchregnet bei ihr. Dieses Mal wird es so teuer, dass sie überlegt, zu verkaufen und in eine kleine Mietwohnung zu ziehen.«

»Nanni Wolff in eine Mietwohnung? Das kann doch wohl nicht wahr sein!« Wilhelms Kaffeebecher schwappte über, und er wischte ihn an seiner Gartenhose ab.

»Nanni zieht in eine Mietwohnung?« Emre stand am Zaun, blickte von einem zum anderen und dann auf den Kuchen.

»Nicht so laut, Emre, komm her.« Annegrete stand auf, um einen Teller zu holen.

»Ach, was, Annegrete, Nanni ist doch vorhin weggegangen.«

Emre setzte sich auf den Rasen vor der Bank. »Da kann man doch bestimmt was machen, finanziell meine ich. Vielleicht hat Sebastian eine Idee.«

»Sebastian ist Jurist und nicht Finanzberater, mein Junge, der weiß auch nicht alles. Wir kennen Nanni schon sehr lange, und wenn die sich was in den Kopf gesetzt hat ...«

»Nun ja«, Annegrete reichte Emre einen Teller mit Kuchen, »so sicher schien sie mir noch nicht, eher verzweifelt.«

Wie auf Bestellung fuhr Sebastian in seinem Wagen an ihnen vorbei. Als er vor seiner Garage parkte, kam Emre angelaufen. »Hallo Sebastian, hast du vielleicht eine Minute Zeit?«

»Nein, Emre, tut mir leid, heute gibt's auf keinen Fall einen Espresso, ich muss gleich wieder los, hab noch einen Termin.«

»Es ist wegen Nanni, sie will ihr Haus verkaufen und wegziehen.«

»Oh, herzlichen Glückwunsch, gute Entscheidung, hier wegzuziehen.«

Emre schluckte. »Aber sie will gar nicht, verstehst du? Vielleicht weißt du ja eine Möglichkeit, für sie zu bleiben. Komm doch mal kurz zu Möllers rüber. Gibt auch selbstgebackenen Kuchen.«

Wie schaffte dieser Junge es nur immer wieder, ihn umzustimmen? Sebastian musste schmunzeln.

116

Als Nanni nach Hause kam, wunderte sie sich über den Trubel im Vorgarten ihrer Nachbarn. Leonie machte gerade Handstand, Miriam saß neben Emre auf dem Rasen, während Annegrete Kuchen verteilte. Wilhelm saß winkend neben Timo auf der Bank und Sebastian verließ gerade das Grundstück durch die Pforte und winkte ihr ebenfalls zu. Sie fühlte einen kleinen Stich in der Magengrube, blieb aber stehen.

»Hab ich einen Termin verpasst?«

»Nein, Nanni, alles ganz spontan, komm, es ist noch Kuchen da.« Miriam lächelte.

»Lieben Dank, aber ich bin geschafft von dem Tag. Einen schönen Abend euch allen.«

Die Bauarbeiter verließen gerade die Baustelle und grüßten sie. Würde sie es noch miterleben, wie das Haus der Özers fertig gestellt wurde?

»Hallo Nanni!« Sebastian hielt mit seinem Wagen an der Straße und hatte die Beifahrerscheibe heruntergelassen.

»Ich hab jetzt keine Zeit, aber morgen Abend würde ich gern mal zu dir kommen, ist dir das recht?«

Nanni zog die Augenbrauen hoch.

»Ich hab von Kosten für das Dach gehört und hätte da eine Idee. Hast du Interesse?« Sebastian umklammerte sein Lenkrad, dass die Knöchel weiß wurden. Warum machte er das hier? Er wollte doch wegziehen?

»Das ist aber sehr nett, Sebastian. Komm gern morgen Abend.«

Nannis Dank berührte ihn. Er blinzelte und schluckte gegen die aufsteigenden Tränen an. Peinlich. War es das, was der Therapeut mit »Gefühle zulassen« meinte?

»Prima!« Er räusperte sich. »Bis morgen.«

Die Scheibe schloss sich lautlos, während er winkte.

Nanni stand noch eine Weile da. Sie lauschte auf das Geschirrgeklapper und das Lachen aus Möllers Vorgarten, das Rauschen der gelb werdenden Birkenkronen am Straßenrand. Sie atmete tief den Herbstduft ein, der mit dem Abend aufzog, und hatte seit langem wieder das Gefühl hierher zu gehören. So wie damals, als sie und Helmut hier glücklich gewesen waren.

18
Scherben

Selen war es leid, die immer neu erfundenen Ausreden des Bauunternehmers anhören zu müssen.

Die Fenster im oberen Stockwerk passten nicht? Wer war dieses Mal der Sündenbock? Der Typ mit Sicherheit wieder nicht. Sie bewunderte Oktays Geduld. Wie oft hatten sie in letzter Zeit mit diesem Mann vor dem Neubau gestanden so wie heute und debattiert? Mit Freude dachte sie an ihre Tanzgruppe heute Abend. Stress loslassen und sich einfach der Musik hingeben.

Nebenan bei Miriam und Denis war ein Streit in Gange. Selen erkannte Miriams Stimme, sie schrie. Dann ein lauter Knall und ein Geräusch, als sei eine Glasscheibe zersplittert. Der Bauunternehmer stoppte seine Rede. Alle drei schauten zum Haus der Alberts. Die Tür öffnete sich und Denis stieg mit einem Koffer in der Hand in den Wagen, gab Gas und fuhr mit durchdrehenden Reifen an ihnen vorbei, ohne zur Seite zu schauen. Stille. Die Tür stand noch eine handbreit offen.

»Ich schau mal nach.« Selen ging auf das Haus zu. Oktays Blick folgte ihr. Das war gut.

»Hallo Miriam, alles okay bei dir?«

Ein leises Schluchzen war zu hören. Selen war erleichtert. Vorsichtig schob sie die Tür auf und schaute in den Flur. Miriam saß auf den Fliesen, vor ihr tausend kleine Scherben. Ein dünner roter Strahl lief an ihrem Knie entlang und tropfte auf den weißen Boden.

»Er hat den Spiegel runtergerissen. Jahrelang hat er gescherzt: ›Na, wenigstens hab ich den Spiegel ausgesucht.‹ Das war tatsächlich das Einzige, was er bei der Einrichtung damals aussuchen durfte.« Sie blickte sich um, als wollten Augen und Verstand versuchen, die Scherben ihrer Ehe wieder zusammenzusetzen. Wann war der erste Riss entstanden? Wann der zweite?

»Ich kann dir helfen, die Scherben aufzufegen. Wo ist Leonie?«

»Die ist bei Nanni, wie immer, ist hier ja auch nicht auszuhalten. Aber jetzt ist es wohl vorbei. Hast du ein Taschentuch?« Tränen vermischten sich mit Miriams Wimperntusche und hinterließen eine graue Spur auf ihren Wangen.

Leonie hatte ihre Hausaufgaben zum Glück doch noch fertigbekommen. Nun konnte sie endlich aus Nannis altem Wohnzimmerschrank ein Spiel herausholen. Sie wühlte von ganz hinten einen kleinen Karton hervor.

»Oh, drei Puzzles in einem Kasten. Märchen.«

»Ach, die sind noch von Helmuts Nichte. Das ist was für kleine Kinder.«

»Ich will die aber machen. So ähnliche hatte ich

auch mal. Wir haben sie auf dem Flohmarkt verkauft. Schau mal: Dornröschen, Froschkönig und Rapunzel.«

»Leo, bist du nicht ein bisschen zu alt für so ein Puzzle?«

Schon ärgerte sich Nanni, dass sie das gesagt hatte. Sollte das Mädchen doch ein bisschen eintauchen in die heile Welt der Märchen und leichten Puzzles. Hatte ihre Gereiztheit mit dem möglichen Besuch von Uwe Hansen zu tun?

Es klingelte an der Tür.

»Oh neee, wenn das Mama ist, dann will ich noch nicht nach Hause und wehe, ihr klönt wieder! Ich möchte, dass du mit mir puzzelst.«

»Das ist vermutlich Uwe, der hilft mir ein bisschen im Garten.«

Nanni öffnete die Tür und Leonie hörte eine tiefe Männerstimme im Flur. Rasch packte sie das Puzzle beiseite und goss sich noch etwas mehr Erdbeersirup in ihr Mineralwasser. Nanni ging mit dem Mann direkt in den Garten. Sie konnte die beiden durch das Küchenfenster sehen. Der sah komisch aus, so alte Sachen hatte er an, vermutlich extra für die Gartenarbeit. Aber seinen Bart könnte er ruhig mal wieder rasieren. Der sah ja aus, wie ... Leonie stutzte. Der sah ja aus, wie der Mann, der vor dem Supermarkt gebettelt hatte heute und gestern und vorgestern. Wusste Nanni das etwa nicht? Sie musste ihr das unbedingt sagen und sie warnen.

Nanni zeigte auf einen dicken Ast an ihrem Busch, der keine Blätter bekommen hatte. Dann holte sie die Säge aus dem Schuppen. Oh nein! Leonie stürzte hinaus und zerrte Nanni am Arm.

»Nanni, du musst unbedingt mal eben reinkommen. Es ist ganz wichtig, hörst du?«

»Leonie, warte mal. Darf ich vorstellen: das ist Uwe, Uwe: das ist Leonie. Leo wohnt auch in der Straße und ist oft nachmittags bei mir.«

Leonie schaute Uwe mit aufgerissenen Augen an, und Uwe erkannte das Mädchen, das mittags im großen Bogen um ihn herumgegangen war, um dann so rasch wie möglich in den Supermarkt zu schlüpfen.

»Ich glaub, ich mach das mit dem Ast ein andermal. Ich wusste ja nicht, dass Sie Besuch haben.« Er reichte Nanni die Säge und eilte ohne sich umzusehen ums Haus zur Gartenpforte an der Straße.

»Puh, jetzt bin ich aber froh, dass der weg ist. Weißt du, dass das ein Bettler ist?«

»Ja, er steht vor dem Supermarkt seit ein paar Tagen. Da hab ich ihn getroffen.« Nanni legte einen Arm um Leonie und spürte die zitternden Schultern des Mädchens. »Ich kenne ihn von früher durch meine Arbeit. Er hat in der Nähe des Hafens Platte gemacht und kam öfter in unser Café zum Essen und Duschen.«

»Der hat andere plattgemacht? Dann ist er also wirklich gefährlich. Und so einem gibst du eine Säge?«

»Nein, er hat Platte gemacht. So nennen die obdachlosen Menschen ihr Leben auf der Straße. Der ist total nett. Ich glaube, er ist früher mal Kapitän gewesen oder so etwas Ähnliches. Komm wir gehen rein, der Abend kommt, es wird kühl.«

Als sie das Haus betraten, blinkte der Anrufbeantworter.

»Wollen wir noch die Puzzles machen, Nanni, bitte. Ich hab noch keine Lust nach Hause. Da ist bestimmt wieder schlechte Luft.«

»Es ist schon ganz schön spät. Wir können uns ja auf eins der Motive einigen. Pack schon mal aus und ich hör rasch den Anrufbeantworter ab.«

Als Nanni wieder in die Küche kam, schaute sie Leonie sehr lange an.

»Was ist, Nanni? Warum schaust du mich so an?«

»Deine Mutter hat auf Band gesprochen, du darfst heute ausnahmsweise ein bisschen länger bleiben. Sie hat Kopfweh, und dein Vater musste geschäftlich weg.«

»Juchhuhh! Hast du auch was zum Abendbrot? Ich hab Kohldampf!«

Leonie kuschelte sich an Nanni und ihre weiche Strickjacke.

19
Falafel

Ben hatte es sich an einem der Ecktische am Fenster bequem gemacht. Zurzeit war er der einzige Gast in Oktays Grill. Vor ihm lagen der neue Skizzenblock, Knetradierer und Bleistift mit weicher Mine. Oktay bereitete ihm gerade einen Dönerteller zu. Das Leben konnte doch noch perfekte Glücksmomente bieten. Seine Kollegin hatte nicht schlecht gestaunt, als Ben ihr mittags einen schönen Feierabend wünschte. Überstunden abbummeln und weg war er.

»Kommt Timo auch noch?« Oktay legte Serviette und Besteck hin.

»Nein, er arbeitet heute bis abends im Atlantik.«

»Oh, nobler Schuppen, das Atlantik. Fühlt er sich da wohl?«

»Ich denke ja. Viel erzählt er nicht. Wir haben gerade nicht so eine gute Vater-Sohn-Phase, wenn du verstehst, was ich meine.« Ben schob die Zeichenutensilien etwas beiseite und strich sich über den kahlen Schädel.

»Ja, das ging mir auch so mit meinem Vater, als ich so alt war wie Timo. Zeichnest du?«

»Ja, früher hab ich Comics und Karikaturen gezeichnet, nur so zum Spaß. Ich will mal wieder damit anfangen.«

Kundschaft betrat den Grill und Oktay ging hinter den Tresen. Bens Blick wanderte auf die Straße. Beim Supermarkt auf der anderen Straßenseite war nicht viel los. Am Eingang stand ein Mann und hielt seinen Hut auf. Ein Mitarbeiter trat gerade auf ihn zu und sprach ihn an, deutete auf den Hut und schüttelte den Kopf. Der Mann setzte den Hut auf und ging langsam mit steifen Schritten zur Ampel an der Straße. Gerade sah es so aus, als würde er bei Rot losgehen, da zischte ein Fahrradfahrer an ihm vorbei. Timo. Rasch drehte Ben sich um und schaute seinem Sohn hinterher. Hatte er ihn falsch verstanden? Fuhr er jetzt erst los? Merkwürdig. Er griff nach seinem Handy. Was sollte er seinem Sohn schreiben? Es würde immer so aussehen, als wolle er ihn kontrollieren. Er legte das Handy wieder weg.

Die Tür öffnete sich und der Fremde trat ein. Er wartete ruhig. Als er an der Reihe war, nahm er den Hut ab, knetete ihn mit beiden Händen, während er mit Oktay sprach. Ben konnte ihn nicht verstehen, er sprach sehr leise. Oktay schüttelte den Kopf und schaute verlegen auf seine Auslagen. Dann nahm er mit einer Zange drei Falafel-Bällchen, wickelte sie ein und reichte das Päckchen dem Mann. Der beugte sich ein paar Mal rasch vor und ging. Ben griff zum Stift.

Es wurde voller im Imbiss. Bens Magen fing an zu knurren.

»So, tut mir leid, dass du warten musstest, aber mein Cousin ist heute ausgefallen, darum bin ich allein.«

»Alles gut, Oktay. Das duftet köstlich.«

»Kennst du den Mann?« Oktay deutete auf Bens Skizze von dem Fremden.

»Nein, noch nie vorher gesehen. Wollte er was umsonst?«

»Ja, er fragte, ob ich vielleicht etwas übrig hätte, was ich sonst wegwerfen würde. Echt schlimm. Ich weiß auch nicht, wie ich mich da verhalten soll. Gebe ich ihm was, weil er mir leidtut, kommt er womöglich jeden Tag. Aber ohne etwas konnte ich ihn auch nicht wegschicken. Na, mal abwarten. Vielleicht ist er ja auf der Durchreise.«

Wieder läutete die Türglocke und Oktay verschwand.

Das Essen war lecker zubereitet, keine Frage, dennoch stocherte Ben darin herum und schaffte gerade mal die Hälfte der großen Portion. Der bärtige Mann auf dem Skizzenblock sah ihm dabei zu. Er hätte ihm gern die andere Hälfte abgegeben. Sein Handy vibrierte. Er ertappte sich dabei, wie er sich wünschte, dass es Timo sei und sich alles in einem freundlichen Gespräch aufklärte. Stattdessen war es Ruth. Er drückte sie weg. Das hatte Zeit. Ben zahlte und schlenderte die Straße hoch zur Sackgasse. Dabei kam er an seiner Buchenhecke vorbei, die sich während des Sommers breitgemacht hatte und nun einen großen Teil des Fußweges einnahm. Nur an einer Stelle waren einige Zweige abgebrochen, und die Blätter hingen vertrocknet im Wind. Sah aus, als hätte sich jemand dagegengeworfen. Vielleicht ein Betrunkener?

Timo bemerkte seinen Vater nicht, so still saß dieser im Halbdunkel auf dem Sofa, als er nach Hause kam.

»Hallo, Großer. Wie war´s im Atlantik?«

Timo zuckte zusammen. »Mann, hast du mich erschreckt. Warum sitzt du da im Dunkeln?« Rasch machte er Licht an. »Alles bestens im Atlantik. Bringt echt Spaß. Ich bin müde, war irgendwie anstrengend heute. Immer noch viel Neues. Ich geh in mein Zimmer.«

»Warte mal, wir müssen uns noch absprechen, wann wir die Hecke schneiden wollen. Außerdem hat Ruth angerufen. Sie erreicht dich nicht. Sie würde auch gern mal mehr von deiner Ausbildung hören. Ist das wohl beides möglich, oder bist du zu sehr mit dir selbst beschäftigt zurzeit?«

Ben kratzte sich an der Stirn. Den letzten Satz hätte er sich schenken können, das war eine Spitze, die nur aus seiner Unzufriedenheit resultierte, weil der Junge sich so zumachte.

»Tut mir leid, den letzten Satz streichen wir mal aus dem Protokoll, okay?«

Timo schnaufte und schaute in den Garten.

»Nun setz dich doch mal einen Augenblick zu mir, Timo. Wir wollen dir doch deine Ausbildung nicht schlecht machen. Im Gegenteil, wir sind stolz, dass du im Atlantik lernst. Das ist doch für alles, was danach kommt, ein prima Türöffner, oder? Wie siehst du das?«

»Ja, bestimmt. Aber ich hab einfach keinen Bock, darüber zu reden. Später vielleicht mal. Die Hecke können wir am Wochenende machen, da hab ich frei.«

»Ich war mittags bei Oktay im Grill, und als ich aus dem Fenster sah ...«

»Da fällt mir ein, hast du im hinteren Schuppen umgeräumt oder so?«

»Was meinst du mit ›umgeräumt‹?«

»Also, die Regale sind dichter zusammengeschoben und irgendwie ist mehr Platz in der Mitte.«

»Ich war schon ewig nicht mehr im hinteren Schuppen, aber jetzt fällt mir wieder ein, dass es neulich so aussah, als wenn ein schwaches Licht drinnen flackerte ... Mensch, das hatte ich ja total vergessen. Ich dachte, das war nur Einbildung.«

Ben sprang auf, und sie sahen sich an.

»Was machen wir denn jetzt, Dad?«

»Wir gehen mal nachschauen.«

»Und wenn da jemand drin ist? Was machen wir dann?«

»Mmmh, keine Ahnung im Moment. Aber nichts tun geht auch nicht. Stimmt´s?«

Timo nickte.

Bewaffnet mit Timos Baseballschläger und der gro-ßen schweren Taschenlampe, näherten sie sich dem Schuppen in der hinteren Ecke des Gartens. Ben ging vor, öffnete leise die Tür und leuchtete hinein. Wie Timo gesagt hatte: Die Regale waren verrückt und der Boden sah aus, als hätte ihn jemand gefegt. Ansonsten war alles an seinem Platz. Hätten sie etwas genauer in die Regale geschaut, dann wäre ihnen aufgefallen, dass dort ein kleiner Reisewecker stand, und auf Holzbrettern, rostigen Gartengeräten und sonstigen Utensilien kein Krümel Staub mehr zu finden war.

Timo schloss die Tür. »Mann, bin ich froh, dass da keiner war.«

»Ich auch, aber trotzdem muss dort jemand gewe-sen sein. Keiner von uns hat die Regale verstellt. Mög-licherweise kommt er wieder.«

»Wir legen uns oben in meinem Zimmer auf die Lauer, Dad. Und wenn es die ganze Nacht dauert. Soll ich uns zwei Pizzen bestellen, ich krieg Hunger.«

Ben musste schmunzeln. So hatte er Timo lange nicht mehr erlebt. »Okay, bestell du die Pizzen und ich hol uns zwei Bier aus dem Keller.«

»Für mich lieber ´ne Cola. Bier schmeckt mir nicht.«

Ben schaute auf die Uhr. »Einverstanden. Wir tref-fen uns in deinem Zimmer um halb neun. Ich rufe dei-ne Mutter noch schnell an und erfinde eine kleine Ausrede, warum du heute nicht zurückrufen kannst.«

Timo grinste. »Sag ihr auf keinen Fall, was wir vorhaben.«

Der Schuppen war nur schemenhaft zu erkennen. Das Fernglas brachte nichts mehr bei der Dunkelheit. Nach der Pizza gähnten sie um die Wette.

»So wird das nichts.« Ben stand auf. »Ich mach mir jetzt einen Kaffee, und wenn ich wieder komme, legst du dich hin. Ich übernehme die ersten drei Stunden, dann weck ich dich.«

»Einverstanden, Chef.« Timo gähnte.

Als Ben mit dem Kaffeebecher kam, legte Timo sich auf sein Bett. »Ich wollte dir auch noch was sagen ...«

»Ja, was denn?« Ben horchte auf, hatte es vielleicht etwas mit dem Atlantik zu tun? Er starrte doppelt gespannt auf den Schuppen.

»Also, es ist nämlich so ...« Timo setzte sich wieder auf.

»Warte, da ist jemand an der Hecke.«

Timo sprang vom Bett und nahm auf seinem Beobachtungsposten Platz. »Ich sehe ihn. Er verschwindet im Schuppen. Was macht der da?«

»Ich vermute, er übernachtet da. Hast du die Tüte gesehen? Da ist bestimmt ein Schlafsack drin.«

»Ein Obdachloser?«

»Klar, ich würde auch lieber in so einem Schuppen schlafen als unter einer Brücke oder im Eingang vom Supermarkt.«

»Was machen wir jetzt, Dad?«

»Wir sollten die Polizei rufen.«

»Meinst du wirklich? Wir sind doch zu zweit. Wenn wir ihm deutlich sagen, dass er hier nichts zu suchen hat, müsste das doch klappen, oder meinst du, er hat eine Waffe?«

»Keine Ahnung. Ich hätte an seiner Stelle mindestens ein Messer dabei, wenn ich auf der Straße leben müsste.«

»Ich kann mir das überhaupt nicht vorstellen, da bekommt man doch kein Auge zu, weil man ständig Angst haben muss.«

»Ja. Also wir brauchen jetzt eine Entscheidung.«

»Lass uns hingehen und ihn rausschmeißen, das schaffen wir, Ben.«

Ben schaute zu seinem Sohn hinüber. Im Dunkeln sah er nur dessen Umrisse. Mit Vornamen hatte Timo ihn noch nie angesprochen. War das ein gutes Zeichen? Ben spürte, dass diese Aktion ihnen beiden etwas bedeutete, sie einte.

»Also gut, versuchen wir es ohne Polizei.« Er schluckte gegen seinen rebellierenden Magen an. Timo griff nach dem Baseballschläger und reichte ihm die Taschenlampe.

»Los geht´s. Dem werden wir schon Beine machen.«

Leise öffneten sie die Terrassentür und schlichen an der Hecke zu Sebastians Grundstück über den Rasen. So konnte sie der Eindringling nicht durch das Fenster erspähen.

Eine Wolke schob sich in dem Moment beiseite und das fahle Mondlicht schien in den Garten. Alles sah so friedlich und still aus. Die Tür des Schuppens war zu. Drinnen war es dunkel. Kein Mucks zu hören. Timos Herz schlug bis zum Hals. Ben schaltete die Taschenlampe an und öffnete mit Schwung die Schuppentür.

Auf dem Boden lag ein Mensch, eingerollt in einen Schlafsack. Neben einer alten Plastiktüte lag ein geöffnetes Papier mit Essen.

Ben erkannte den Mann sofort. »Was machen Sie hier?«

Der Mann schrak hoch, er musste schon fest geschlafen haben, blinzelte in das grelle Licht der Taschenlampe. Ben schwenkte den Schein auf den Boden zwischen ihnen.

»Sie können nicht einfach in unserem Schuppen übernachten.« Timo ging einen Schritt auf den Fremden zu und sah in zwei weit aufgerissene Augen.

Der Mann kroch aus dem Schlafsack und erhob sich, dabei griff er nach seinen Essensresten und wickelte sie sorgsam ein.

Timo und Ben sahen sich an. Beide hatten sie plötzlich ein ungutes Gefühl.

»Warten Sie.« Ben kratzte sich am Kopf. »Also heute Nacht können Sie hierbleiben, aber morgen suchen Sie sich eine andere Bleibe.«

Sie zogen sich rasch zurück und gingen ins Haus.

»Wir hätten ihn wenigstens nach seinem Namen fragen können.« Timo ließ sich im Wohnzimmer auf das Sofa fallen. »Irgendwie merkwürdig, dass da jetzt ein fremder Mensch in unserem Schuppen schläft und dann noch so armselig – und wir haben hier nebenan alles. Ich könnte ja noch mal rübergehen und ihn fragen, ob er was zu trinken braucht oder unser Klo benutzen möchte.«

»Ich denk, wir belassen es für heute dabei. Morgen ist er hoffentlich weg. Ich hab ihn heute gesehen, als er vor dem Supermarkt gebettelt hat und bei Oktay dieses Essen umsonst bekam.«

»Mann, was für ein Leben so einer hat.«

»Ja.«

»Er könnte doch auch ein bisschen länger im Schuppen bleiben, oder?«

»Das ist doch keine Lösung, Timo. Der Winter kommt, da wird es bald viel zu kalt dort.«

»Aber wo soll er denn dann hin?«

»Es gibt doch Winternotprogramme für Obdachlose, wenn auch mit zu wenig Plätzen ...«

»Wieso hat der denn gar kein Geld und muss betteln?«

»Timo, das weiß ich doch auch nicht. Vielleicht hat er alles für Alkohol ausgegeben.«

»Ich finde, wir sollten ihm helfen, irgendwie. Der sah doch nett aus, und er hat kein Messer gezückt. Okay, er müffelte etwas und der Bart, nun ja ... Hast du gesehen, wie schmutzig seine Hände waren?«

Der Mond zog seine Bahn über den Garten. Als die Sonne ihn ablöste, schickte Ben seinen Sohn endlich ins Bett und schwang sich selbst unter die Dusche. Er war froh, dass Timo das Schicksal dieses Mannes nicht kaltließ und sie die ganze Nacht diskutiert hatten. Das hieß doch, dass er in der Erziehung auch etwas richtig gemacht hatte. Es musste doch eine Hilfe für den Mann zu finden sein. Er beschloss, heute Abend Nanni einen Besuch abzustatten. Vielleicht hatte sie eine Idee oder einen Rat. Aber vielleicht war der Mann dann auch schon gar nicht mehr da.

Timo stand auf, sobald er hörte, dass Ben aus der Garage gefahren war. Er sprang in Jeans und Sweatshirt und eilte rüber zum Schuppen. Als er die Tür öffnete, zuckte der Mann zusammen und sah ihn an. Er saß auf seinem zusammengerollten Schlafsack und kaute langsam und bedächtig die Reste aus Oktays Grill.

»Möchten Sie vielleicht etwas trinken?«

Der Mann nickte. Timo schoss ins Haus und holte eine Flasche Mineralwasser.

»Sie können sich auch gern bei uns drüben waschen und so.«

Der Fremde schüttelte den Kopf. »Danke, ist nicht nötig.«

»Also, uns macht das echt nichts aus. Vielleicht fühlen Sie sich danach wohler.«

Herrje, was dachte er sich da eigentlich. Der Mann konnte sein Großvater sein. Der Enkel sagte ihm, dass er sich mal waschen sollte. Das ging ja gar nicht.

»Also, ich bin Timo, und wie heißen Sie?«

»Uwe. Uwe Hansen.«

»Also, Herr Hansen, das Angebot steht. Sie können es sich ja überlegen. Ich geh dann mal wieder.«

Warum war er so aufdringlich? Der wollte doch gar nicht.

Zurück im Haus, lief er von Zimmer zu Zimmer und schaute immer wieder hinüber zum Schuppen. Was hatte ihn da bloß geritten? Wann war er zum barmherzigen Samariter mutiert?

Der Mann trat aus dem Schuppen. Er trug die Plastiktüte unter dem Arm. Schnellen Schrittes ging er zur Hecke an der Hauptstraße und gerade, als Timo das schmale Loch erkannte, durch das der Mann schlüpfen wollte, drehte dieser sich um und sah zu Timo, der am Fenster stand. Timo winkte, dass er kommen solle und … er kam.

20
Einbrecher

Annegrete stand an der Pforte und sah Wilhelm in die Straße einbiegen. Warum hatte dieser Sturkopf nicht den Wagen genommen? So schleppte er alles in zwei großen schweren Taschen heran.

»Annegrete, stell dir vor, ich hab einen Mann beobachtet, als er durch die Hecke der Hoffmanns schlüpfte und seelenruhig auf dem Fußweg weiterging.«

»Nun komm erst mal rein mit den Sachen, du bist ja ganz aus der Puste.«

»Ich muss unbedingt zu Timo und Ben rüber und sie fragen, ob jemand eingebrochen hat. Pack du allein aus.«

»Ja, aber das Mittagessen ist fertig, willst du dich nicht erst mal verschnaufen und etwas essen?«

»Das Essen kann warten. Wer weiß, was da passiert ist.«

Er stellte ihr die Taschen in die Küche und verschwand.

Bei den Hoffmanns öffnete niemand. Verflixt.

»Wo haben wir Timos Handynummer, Annegrete?«, rief er schon im Flur.

Timo sah Uwe vor dem Supermarkt stehen und

hielt sein Fahrrad an. Der Mann sah blass aus und seine Hand, die den Hut hielt, zitterte leicht.

»Hallo Uwe, alles okay?«

Uwe schaute über die Schulter. »Solange mich der Marktleiter nicht erwischt.«

»Ich will noch zu Oktay in den Grill und mir einen Döner holen, kann ich dich einladen?«

»Nee, lass mal. War schon nett, dass ich bei euch duschen konnte.«

»Ach, was. Ich hol zwei Portionen, und in einer viertel Stunde treffen wir uns bei mir.« Weg war Timo und schob hinüber zum Grill.

»Hallo Oktay, zwei Dönerteller zum Mitnehmen.«

»Hallo Timo. Hat Ben heute wieder früher Schluss?«

»Ähm, nee. Wieso?«

»Na, ich dachte bei zwei Portionen, da ist eine für ihn.«

Timo zögerte, dabei beobachtete er, wie Oktay mit schnellen Handgriffen Salat und Reis in die Plastikschalen füllte.

»Also, die zweite Portion ist für Uwe ... Er wohnt vorübergehend bei uns.«

»Ah, ein Verwandter.«

»Nicht direkt, eher ein Bekannter.«

»Möchtest du Geflügel oder Lamm? Scharfe Soße für beide oder nur für dich?«

»Keine Ahnung, was Uwe mag«, platzte es aus Timo heraus. »So gut kenne ich ihn eigentlich nicht.«

Oktay schaute ihn mit hochgezogenen Augenbrauen an.

»Mach einfach, wie du denkst. Ehrlich gesagt, wohnt er bei uns im Schuppen. Da hat er sich heimlich einquartiert, und wir haben es entdeckt. Ich fände es gut, wenn er da bleiben könnte. Er ist nämlich so was wie ein Obdachloser, weißt du.«

Oktay lächelte in sich hinein. Sein Handy klingelte. »Ich muss mal kurz ran, Timo, ich warte auf einen Anruf.« Timo nickte.

»Ah, hallo Cem. Ich dachte, es wäre der Fliesenleger ... Was? ... Nein, die Fliesen müssen alle wieder raus ... Ich versteh dich so schlecht, Cem.« Oktay klemmte sich das Handy zwischen Kopf und Schulter und schnitt das Fleisch in die Auffangschale. »Wo bist du? ... Noch in Sydney? Ich denk, du bist schon in der Luft.« Er verteilte das Fleisch auf die Schalen, fügte großzügig noch etwas Salat und dann Soße dazu. »Cem, ich muss Schluss machen, hab Kundschaft. Ich freu mich riesig auf dich, Bruderherz. Bis morgen.«

Er griff zum Baklava und packte einige Stücke ein.

»Baklava nicht, Oktay. Timo schaute in sein Portmonee.

»Geht aufs Haus, Timo. Wenn ihr irgendwie was braucht für den Mann, sagt Bescheid. Selen und ich helfen gern.«

»Danke, Oktay. Ben sagt, dass du Uwe kennst. Er war gestern hier im Grill und hat nach Essen gefragt.«

»Ja, ich erinnere mich, den kenne ich.«

Im selben Moment ging Uwe am Grill vorbei in Richtung Sackgasse. Dieses Mal zwängte er sich nicht durch die Hecke, sondern klingelte an der Eingangstür.

»Da, da ist er, Annegrete.« Wilhelm stand am Fenster. »Das ist der Mann, der durch die Hecke kam. Den schnapp ich mir. Vielleicht will er gerade einbrechen. Es ist ja keiner da.«

»Oh Gott, Wilhelm, ruf lieber die Polizei. Vielleicht ist er gefährlich.«

»Ach was, den puste ich aus seiner Jacke, dass ihm Hören und Sehen vergeht.«

Wilhelm schoss aus der Haustür, als Timo gerade um die Ecke geradelt kam. Uwe blickte sich um und sah einen großen Mann mit grauen Haaren und rotem Kopf, der auf Timo zulief. In der Tür des gegenüberliegenden Hauses stand eine kleine pummelige Frau mit Schürze.

»Timo, der Mann da war auf eurem Grundstück heute Morgen, und jetzt versucht er gerade, bei euch einzubrechen.« Wilhelm zeigte auf Uwe.

»Wilhelm, das ist Uwe. Ähm, er wohnt bei uns im Schuppen ... seit ein paar Tagen.«

Als Annegrete den Fremden sah, wusste sie gleich, dass es sich um einen armen Schlucker handelte. So nannte sie die Obdachlosen. Das Wort »Obdachloser«

kam nie über ihre Lippen. Zu schlimm waren ihre Erinnerungen an die Flucht aus Ostpreußen im tiefsten Winter und die verzweifelte Suche nach einer Bleibe in Norddeutschland.

»Wilhelm, der Mann braucht dringend ein paar frische Klamotten«, sagte sie noch am selben Abend und stapfte kurz entschlossen in den Keller, um nach Zeug zu schauen, das Wilhelm ein paar Nummern zu klein geworden war, denn dieser Uwe war zwar so riesig wie ihr Wilhelm, aber seine abgewetzte Jacke und Hose schlackerten ihm um die mageren Rippen und dünnen Beine wie damals die Wintersachen um Annegrete, ihre Mutter und Großmutter.

Gleich in der Früh am nächsten Morgen stand sie mit den Sachen vor Hoffmanns Tür und klingelte. »Guten Morgen, Ben. Ich hab hier ein bisschen Kleidung, die Wilhelm nicht mehr passt.« Sie schluckte und spürte, wie ihr die Tränen in die Augen schossen. »Vielleicht passen sie ja eurem Gast.«

Und schon hatte Ben eine große Tüte im Arm. »Danke, Annegrete.«

Aber die war schon auf dem Weg zurück ins Haus.

»Warum muss ich immer weinen, wenn ich solche armen Schlucker sehe und ihnen was gebe? Kannst du mir das mal verraten, Wilhelm? Es können doch nicht immer noch die Erinnerungen sein. Das ist doch schon über siebzig Jahre her.«

Annegrete sank auf das Sofa. »Ich träume in letzter Zeit sogar wieder davon. Sehe meine Mutter, wie sie uns auf die Wilhelm Gustloff führt, spüre wieder die Kälte und die Angst unter den Menschen, als das Schiff ablegt.«

»Ach, Annegrete, lass die alten Zeiten ruhen. Sie sind vorbei, und du bist schon ganz lange in Sicherheit und musst nie wieder hungern und frieren.«

Wilhelm setzte sich neben sie und nahm sie in den Arm. »Ich mache mir Gedanken um den Mann, der da drüben in dem Schuppen auf keinen Fall bleiben kann. Das bisschen Holz um ihn herum schützt doch nicht vor Kälte.«

»Es gibt doch dieses Winternotprogramm.« Annegrete putzte sich die Nase.

»Ja, aber er hat Timo erzählt, dass er da die letzten Jahre kein Glück hatte. Zu wenig Plätze.«

»Oh, das ist ja schrecklich. Warum gibt es denn zu wenig Plätze?«

»Keine Ahnung, wohl zu teuer.«

»Aber die Hafencity und die Elbphilharmonie bauen, das geht.«

»Mich musst du deswegen nicht anblöken, Annegrete.«

»Tut mir leid, Wilhelm. Hast ja recht, du kannst ja nichts dafür. Wenn wir beide König und Königin wären, würden wir das Geld anders verteilen, nicht wahr?« Sie gab ihm einen Kuss auf die Wange.

»Oh, womit hab ich das denn verdient?«

»Weil es in letzter Zeit so viel besser geht mit uns.« Sie lächelte. »Ich glaube, der Kontakt zu Timo tut uns beiden gut. Nach alldem, was wir durchgemacht haben.«

»Ja, es war eine verdammt schwere Zeit.«

Wilhelm starrte auf den Teppich vor sich.

»Komm, nicht trübsinnig werden. Ich koch uns was Leckeres.« Annegrete erhob sich.

Wilhelm schaute auf. »Ja, das ist gut! Und mach ein bisschen mehr. Ich könnte davon was rüberbringen.«

Sie grinste. »Ostpreußische Küche ist immer reichlich, weißt du doch. Da kannst du als Hamburger Jung überhaupt nicht mitreden.«

Natürlich wusste er es. Seit fast fünfzig Jahren wusste er es.

21
Pfannkuchenteig

Leonie schleuderte ihren Rucksack in die Garderobe auf den Boden und warf sich auf den Küchenstuhl. »Was gibt´s zu essen, Mama? Oder hast du heute wieder nichts gekocht?«

»Es gibt Pfannkuchen, Liebes.«

»Kannst du mal aufhören, dieses Kinderessen zu machen, und ›Liebes‹ kannst du dir auch sparen. Hier ist überhaupt nichts Liebes.« Sie stapfte nach oben und knallte ihre Zimmertür zu.

Miriam starrte auf den gedeckten Tisch. Langsam nahm sie das Glas mit Apfelmus und stellte es zurück in den Schrank. Dann griff sie nach der Schüssel mit dem angerührten Teig. Ihr Handy klingelte. Sie ließ es klingeln. Sie hörte Leonie die Treppe hinunterstürzen.

»Ist das Papa? Wenn ja, ich muss ihn unbedingt sprechen. Warum gehst du nicht ran, Mama?«

Miriam nahm langsam das Telefon auf und schaute auf das Display. »Aufgelegt. Es war mein Chef.«

»Wann willst du wieder arbeiten gehen? Seit einer Woche hängst du zu Hause rum und tust nichts. Aber ich muss jeden Morgen in die bescheuerte Schule.«

»Die Schule ist wichtig, Leo.«

»*Die Schule ist wichtig, Leo.* Aber deine Arbeit auch.

Also wann gibt es die verdammten Pfannkuchen?«

»Ich muss erst neuen Teig machen. Ich hab in Gedanken gerade alles weggeschüttet.«

»Weißt du was, mir reicht´s. Ich geh zu Nanni rüber, die hat immer was im Kühlschrank, das sie schnell warm machen kann.«

»Du gehst jetzt nicht schon wieder zu Nanni! Du bist kaum noch zu Hause. Immer bist du bei Nanni.«

»Ja, ist doch auch kein Wunder, oder? So wie du dich verhältst. Du kommst deinen mütterlichen Pflichten nicht mehr nach, Ma. Schau doch mal, wie es hier aussieht, und guck mal in den Spiegel.«

Die Haustür flog zu, ehe Miriam antworten konnte.

Kurz danach klingelte es an der Tür. Gott sei dank, Leo hatte es sich anders überlegt. Es war Selen.

»Ich hab euch was aus dem Grill mitgebracht und wollte mal hören, wie es so geht.«

Das Essen schmeckte wie ein Fünf-Sterne-Menü. Miriam spürte, wie sie wieder zu Kräften kam. Die andere Hälfte stellte sie für Leo in den Kühlschrank.

Selen sah sich um. »Es hat dich ganz schön umgehauen.«

Miriam nickte.

»Vielleicht findet ihr ja einen Weg, wieder zusammenzukommen.« Sie legte ihre Hand auf Miriams Schulter.

»Ich weiß nicht, ob ich ihn überhaupt noch will. Ich weiß eigentlich gar nichts.«

»Lass dir Zeit. Es wird sich finden. Soll ich dir ein bisschen beim Aufräumen und Putzen helfen?«

»Nein, ich schaff das schon, danke für das Essen. Wie läuft es mit dem Hausbau?«

»Ach, frag bloß nicht. Eine Panne jagt die nächste. Hast du gehört, dass die Hoffmanns einen Obdachlosen in ihrem Schuppen aufgenommen haben?«

»Einen Obdachlosen? Das wird hier ja immer toller in der Straße. Nicht nur die Gefahr von rechts, jetzt auch noch ein Obdachloser.«

Selen machte sich gerade und schaute die zukünftige Nachbarin an. Dann stand sie auf. »Nun, ich finde, das ist zwar keine optimale Lösung, weil es im Winter dort zu kalt wird, aber es ist doch eine sehr mitmenschliche Geste von Ben und Timo.«

»Mag sein, aber damit löst man das Problem der Obdachlosigkeit nicht, im Gegenteil. Wenn immer alle irgendwie helfen, ändert sich in der Politik doch gar nichts.«

»Da magst du Recht haben, aber die Politik ist einfach zu lahm. Jedes Jahr erfrieren Menschen auf der Straße. Da kann man doch nicht zusehen.«

»Ach, weißt du was. Ich hab keine Kraft für dieses Thema. Aber ich finde es nicht akzeptabel, dass der Mann da wohnt.«

Selen griff nach ihrer Jacke. »Ich denke, ich geh dann mal.«

»Ja, nett, dass du vorbeigeschaut hast, und danke

noch mal für das Essen.«

Selen beschloss, bei den Hoffmanns anzuklingeln und zu fragen, ob der Obdachlose etwas brauche. Was hieß *nicht akzeptabel*? Würde Miriam es einer Behörde melden, dass in dem Schuppen ein Obdachloser wohnte? Selen hoffte, dass Miriams verhärtetes Herz wieder weich werden würde. Langsam ging sie an ihrem neuen Haus vorbei. Es stand da, als sei alles gut. Kein Handwerkerpfusch, keine Bedrohungen beim Richtfest, keine Naziparolen am Zaun. Nicht gebaut auf einer Ruine. War es richtig, hier in diese Straße zu ziehen? Hatten sie das Recht, sich diesen Traum vom eigenen Heim zu erfüllen? Andere Menschen hatten nicht mal ein Dach über dem Kopf. Wie aus dem Nichts kam ihr ein bärtiger Mann entgegen. War er das womöglich? Er bog ab zu Nannis Haus und klingelte. Schaute zu Boden, während er wartete. Als Selen im Vorbeigehen grüßte, antwortete er mit einem leisen Hallo.

22
Lorelei

Nanni hatte mit Uwe einen zweiten Termin verabredet. Ungeplant dagegen war Leonies Erscheinen kurz vorher mit knurrendem Magen.

»Hallo Uwe, komm rein. Willst du ein paar Bratkartoffeln mitessen?«

Leonie saß am Küchentisch und stopfte sich gerade eine große Portion in den Mund.

Uwe setzte sich. Nanni deckte für Uwe, und eine zeitlang hörte man nur das Klappern des Bestecks auf den Tellern.

»Ihre Bratkartoffeln schmecken sehr lecker, Frau Wolff.«

Leonie schluckte ihren letzten Bissen hinunter. »Nanni macht die besten Bratkartoffeln, die ich kenne.«

»Ja, da ist was dran, mien Deern.«

»*Mien Deern*, was heißt das?«

»Das ist Plattdeutsch und heißt *mein Mädchen*.«

»*Mien Deern* klingt lustiger.« Leonie griff nach der Schüssel und nahm sich nach. »Wollen wir gleich zusammen *Mensch-Ärgere-Dich-Nicht* spielen?«

Die Erwachsenen schauten sich an. Uwe nahm sich ebenfalls nach. »Also ich hätte nichts dagegen, den Ast kann ich auch danach noch absägen.«

Nanni lächelte. »Einverstanden, aber erst wird abgewaschen.«

Es stellte sich heraus, dass heute wohl Uwes Würfel-Glückstag war, wie Leonie es nannte. Nanni staunte, dass Leos Wutausbrüche gänzlich ausblieben. Nach dem Spiel gab es die obligate Süßigkeit aus dem Küchenschrank.

»Warum sind Sie eigentlich obdachlos?« Leonie wickelte ihren Schokoladenriegel aus.

Uwe schaute Nanni an, sie nickte ihm zu. Er blickte in seine Hände wie in ein aufgeschlagenes Buch.

»Tja, das ist gar nicht so einfach zu erzählen ... Ich war Barkassenführer. Mit meiner eigenen Barkasse, der *Lorelei*. Wir beide schipperten die Touristen durch den Hafen. Ich kenne dort jeden Winkel. Die *Lorelei* und ich, wir waren ein gutes Gespann, ob bei Kuhsturm und Wellengang oder bei Sonnenschein und leichter Brise.

Dann starb Hannelore, meine Frau. Meine Tochter flog beruflich von einem Meeting zum anderen.«

»Das kenn ich von Papa, echt ätzend diese Meetings.«

Uwe schmunzelte, wurde aber rasch wieder ernst.

»Ich war traurig und oft allein, und der Schnaps wurde mein bester Kumpel. Ein Kollege zeigte mich an, weil ich immer häufiger mit einer Schnapsfahne zur Arbeit kam. Bootsführerschein weg – *Lorelei* weg auf Nimmerwiedersehen. Eine Zeit konnte ich mich noch über Wasser halten und die Miete zahlen. Dann war das Geld alle. Das Sozialamt ließ mich nicht in der Wohnung bleiben, weil die Miete zu hoch war. Ich fand nichts. Stand auf langen Wartelisten für günstige Wohnungen. Tja, so saß ich eines Tages auf der Straße.«

»Und deine Tochter, kann sie dir nicht was abgeben von ihrem Geld?«

»Meine Tochter kennt mich nicht mehr. Mit einem Vater, der trinkt, will sie nichts zu tun haben, hat sie gesagt.«

»Kannst du nicht eine neue Arbeit finden?« Leonie hatte ganz vergessen ihre Schokolade zu essen und leckte sich die beschmierten Finger ab.

»Das ist gar nicht so leicht. Ich bin Ende sechzig, mien Deern, und hab keinen Wohnsitz. Vielleicht versuche ich, bei dem Straßenmagazin Verkäufer zu werden.«

»Ja, das ist doch eine gute Idee, und ich frag mal Mama und Papa, ob sie von einer billigen Wohnung wissen.«

Nanni lächelte Leonie an. »Das mach mal, Leo. Wir sollten alle die Augen und Ohren offen halten, weil im Moment wohnt Uwe im Schuppen bei den Hoffmanns, aber Ben hat schon gesagt, dass das im Winter nicht mehr geht, weil es zu kalt wird.«

Als Uwe sich an diesem Abend verabschiedete, haderte Nanni wieder mit der Ungerechtigkeit in dieser Welt. Sie konnte in ihrem sicheren Haus schlafen gehen, aber andere Menschen mussten im Eingang eines Kaufhauses, auf einer Parkbank oder unter Brücken ihr Nachtlager aufschlagen. Stets auf der Hut vor Diebstahl, Aggressionen und Anfeindungen. Konnte man unter solchen Bedingungen überhaupt schlafen? Schwer vorstellbar.

Sie schloss die Tür ab, der Schlüssel hakte und sie musste ihre ganze Kraft aufbringen, ihn umzudrehen. Sebastians Beratung kürzlich ließ sie derlei Dinge gelassener sehen. Das Dach war vorerst wieder dicht. Sie würde das Haus beleihen, das stand fest. Erben hatte sie keine, dann gehörten Haus und Grundstück am Ende eben der Bank. Sie wollte sehr gern hier wohnen bleiben. Und einen Gärtner hatte sie möglicherweise auch gefunden.

23
Wut

Sebastian hatte die noch gefalteten Umzugskartons im Flur und im Wohnzimmer an die Wand gestellt. Es war nicht nötig, sie erst noch in den Keller zu tragen, schließlich war der Umzug schon im Januar, und bis dahin waren es nur noch zwei Monate. Die gemietete Wohnung bot weniger Platz als das Haus und das war ein Problem. Wohin mit der Töpferscheibe seiner Mutter? Er schaute aus dem Küchenfenster. Der Garten würde ihm nicht sehr fehlen, nur die Hortensie. Ihre Hortensie. Die Espressomaschine blinkte. Er starrte auf das Licht, als wollte es ihn hypnotisieren. Würde er den Nachbarn von seinen konkreten Umzugsplänen erzählen? Er würde es Emre erzählen, der konnte es dann weitergeben. Bei seinem Besuch kürzlich hatte er ihm nichts gesagt, obwohl er einen Tag vorher den Mietvertrag unterschrieben hatte. Er seufzte. Was war daran so schlimm, verflucht? Er zog weg, ja, das war sein gutes Recht, er brauchte die anderen nicht, konnte gut mit sich allein sein. Er brauchte niemanden, schon gar nicht irgendwelche Ausländer, Obdachlosen, Selens, Emres und Nannis – was war das überhaupt für ein bescheuerter Name: Nanni?

Sein Handy riss ihn aus den Gedanken und den Gefühlen.

»Ah, hallo, Herr von Ahrens ... Nein, im Preis gehe ich auf keinen Fall runter ... Dann suchen Sie bitte weiter nach Interessenten ... Wie bitte? Hab ich Sie richtig verstanden? Sie unterstellen mir, dass ich das Haus gar nicht verkaufen will? Das ist ... Ich denke, wir beenden das Gespräch jetzt besser. Ich behalte es mir vor, den Maklervertrag zu kündigen.«

So ein Idiot, was dachte der sich. Eine infame Unterstellung bar jeder Grundlage. Rastlos ging er durchs Haus und trat gegen das Schuhbord. Ein stechender Schmerz zog durch seinen Fuß. Die Schuhe flogen kreuz und quer durch den Flur. *Benimm dich* – hörte er eine Stimme – *ich will hier keinen Lärm und Unordnung, hast du gehört? Setz dich auf deine vier Buchstaben und lern gefälligst! Die lange Schulzeit bezahlt sich nicht von allein. Wenn es nach mir ginge, würdest du schon längst arbeiten.*

»Ich hasse dich, ich hasse dich, ich hasse dich! Warum hast du mir das angetan?«

Er zog den Gürtel aus seiner Hose und schlug damit auf die Schuhe ein, die unter seinen Schlägen zuckten und tanzten, bis er den Gürtel mit verächtlichem Blick in die Ecke schleuderte. Er würde seinen Vater nicht mehr besuchen. Sollte er doch starr und stumm dasitzen und langsam verrecken.

24
Vertrauen

Ben hatte einen kleinen elektrischen Heizlüfter in den Schuppen gestellt und versuchte gerade, die verzogene Tür etwas zu richten, als Timo über den Rasen kam. »Wo ist Uwe?«

»Ich glaube, er steht wieder vor dem Supermarkt.«

»Mutig, wo er doch schon so oft dort vertrieben wurde. Lange kann er nicht mehr im Schuppen schlafen, oder? Für nächste Woche haben sie den ersten Frost angesagt.«

»Mmmh, ich hab ihn schon gefragt, aber er will es partout nicht noch mal beim Winternotprogramm versuchen. Vor einigen Jahren habe er es tatsächlich geschafft, dort unterzukommen, mit fünf Mann auf engstem Raum, Heizung hochgedreht und kein Fenster auf, und am nächsten Morgen sei die Tüte mit seinen Sachen verschwunden gewesen.«

»Und wenn wir ihn im Haus schlafen lassen? Mamas Zimmer ist doch nur noch eine Rumpelkammer, seit sie weg ist.«

»Ich weiß nicht. So gut kennen wir ihn nicht. Außerdem haben wir nur ein Bad.«

»Mmmh. Das wäre für mich kein Problem.«

»Hab ich schon bemerkt. Er hat bei uns geduscht,

oder?«

Timo schaute auf seine Sportschuhe. »Schon zwei Mal ..., aber er hat danach immer alles super sauber hinterlassen.«

»Mann, Timo, das musst du doch mit mir absprechen. So geht das nicht. Ich kann ja verstehen, dass du ihm helfen willst, aber ich möchte gefragt werden. Ich hatte den Eindruck, dass sich unser Verhältnis gebessert hat in letzter Zeit. Für mich ist es wichtig, dass wir ehrlich und offen miteinander umgehen.«

»Ja. Hast ja recht, Dad.« Timo starrte wieder zu Boden. »Da wir gerade dabei sind. Ich muss dir noch was anderes sagen.«

»Und das wäre?« Ben schloss die Schuppentür und steckte den Schraubenschlüssel in die Jackentasche.

»Ich ... ich bin gar nicht im Atlantik. Ich hab seit Oktober eine Ausbildungsstelle in einem kleinen Hotel in der Rothenbaumchaussee.« Timo trat einen Maulwurfshügel platt.

»Ach!«

»Na ja, ihr wart so stolz darauf, dass ich im Atlantik bin, da hab ich es nicht geschafft zu sagen, dass das nichts geworden ist.«

»Moment, verstehe ich das jetzt richtig? Du bist gar nicht im Atlantik angefangen, und wir denken seit einem halben Jahr, dass du dort eine Ausbildung machst?«

Timos Mund wurde schmal. »Jepp.«

»Okay ... das muss ich jetzt erstmal verdauen. Also nicht das mit dem Atlantik. Aber dass du nichts erzählt hast. Oh Mann, was haben Ruth und ich bloß falsch gemacht?«

»Ach hör auf, Dad. Ich wollte es euch ja viel früher sagen, aber ... Ihr habt nichts falsch gemacht, also jedenfalls nicht alles.« Er lächelte etwas schief.

»Aber Wilhelm und Annegrete wissen Bescheid, nicht wahr?« In Bens Augen blitzte es.

»Ja, schon, die beiden haben aber dauernd gesagt, dass ich es euch sagen soll, besonders Wilhelm, echt jetzt.«

»So, so – echt jetzt ...« Ben strich sich über den Kopf und ging langsam auf das Haus zu. Timo folgte ihm mit hängenden Schultern.

Auf der Terrasse drehte Ben sich um.

»Weißt du, ich bin so froh, dass wir wieder ein besseres Verhältnis haben, darum mach ich da jetzt keine große Sache draus. Schließlich bin ich dein Vater, ich verzeih dir sowieso irgendwann, da kann ich es auch gleich machen.«

Er nahm Timo in den Arm, und sie fühlten beide, dass es so richtig war.

25
Birnen, Bohnen und Speck

Uwe stand heute an der Seite des Supermarktes. Hier konnte der Marktleiter ihn nicht sehen. Leider kamen an diesem Platz nicht so viele Leute vorbei. Nach zwei Stunden war sein Hut immer noch leer. Niemals würde er es schaffen, das Straßenmagazin zu verkaufen. Er war nicht in der Lage, den ganzen Tag auf einem Fleck zu stehen. Leonie ging vorüber und winkte ihm lächelnd zu. Sie sagte etwas zu der Frau neben sich, vermutlich ihrer Mutter. Die schaute finster in Uwes Richtung und schob Leonie weiter. Aha, es waren also nicht alle in der Sackgasse freundlich auf ihn zu sprechen.

In dem Moment sah er Nanni auf der anderen Straßenseite an der Ampel. Sie winkte ihm zu und kam herüber.

»Moin, Uwe. Ich habe da eine Frage an dich. Du kannst gern Nein sagen.«

Uwe schaute sie an, und sie glaubte zum ersten Mal, in seinem Blick etwas zu erkennen, das ihr gefiel. Zuneigung?

»Also ... ich wollte dich fragen, ob du mir nicht nur wegen des Astes im Garten hilfst, sondern ganz generell einige Gartenarbeiten übernehmen könntest – gegen Bezahlung selbstverständlich.«

Uwe nickte und zog die Lippen spitz zusammen. »Das kann ich mir gut vorstellen, Nanni. Danke für das Angebot.«

»Wann hättest du Zeit?«

»Soll das ein Witz sein? Jetzt sofort, jeden Tag, wann du willst. Die Frage ist eher, wann passt es dir?«

»Ja, bei mir als Rentnerin ist Zeit natürlich sehr knapp ...« Sie grinste und ihre Augen funkelten ein wenig. »Aber wie wäre es mit morgen früh gegen acht Uhr? Magst du Birnen Bohnen und Speck?«

»Zum Frühstück?« Er lachte und sie sah seine Zähne zum ersten Mal. Nicht so ein strahlendes Kunstgebiss. Kein Zahn wie der andere, weiter vorn, weiter hinten.

»Nein, das würde ich uns zum Mittag kochen. Du Dösbaddel.«

Uwe blinzelte plötzlich, und Nanni sah, dass er mit den Tränen kämpfte.

»Das hab ich schon ewig nicht mehr gegessen, Nanni.«

26
Tagebuch

Annegrete hörte Schritte auf der Treppe und klappte schnell das Heft zu. Da stand Wilhelm auch schon in der Tür.

»Was machst du hier oben, Annegrete?«

Er sah, wie sie das Heft unter eine Zeitschrift schob.

»Mmh, hast du doch wieder in dein Tagebuch geschrieben?«

Sie schaute zu Boden. »Ja.«

»Ist wieder nicht mehr so gut mit uns, nicht wahr?«

»Ja.«

Zögernd griff sie nach dem Heft, schlug es auf und reichte es ihm stumm. Wilhelm setzte sich auf die Bettkante und las.

1.Advent – ich hatte gehofft, dass ich dieses »Klage-Tage-Buch« nicht mehr brauche. Aber leider gibt es in letzter Zeit wieder häufiger Missstimmungen unter diesem Dach. Mein Herz stolperte letzte Woche so stark, dass wir mit dem Taxi zur Notaufnahme gefahren sind. Falscher Alarm. Zum Glück.

Timo lässt sich kaum noch blicken. Er hat sich mit seinen Eltern ausgesprochen, und nun hängt der Haussegen bei ihm wieder gerade. Das ist gut so. Aber wir vermissen ihn beide. Es war ein schöner Sommer mit ihm. Nun hat er seine Ausbildung begonnen und sehr wenig Zeit. Ist ja klar. Da sind wir alten Leute nicht die erste Anlaufstelle. Er war bei seiner Mutter in Weimar am Wochenende. Gleich nach Weihnachten will er mit seinem Vater zum Skifahren. Wenn Wilhelm nur nicht wieder so grantig wäre. Es ist aber auch manchmal zum Auswachsen langweilig hier mit uns beiden allein. Echte Ödnis. Ich freue mich überhaupt nicht auf die Weihnachtszeit.

Ich will nicht, dass es wieder so schrecklich wird. Was soll ich bloß tun? Was sollen wir bloß tun?

Wilhelm klappte das Heft zu und schaute sie an. Dann legte er sich auf das Bett.

»Komm, Annegrete, leg dich neben mich.«

Langsam wurde es dunkel. Sie lagen ruhig nebeneinander. Wilhelm hatte eine Wolldecke über sie beide ausgebreitet. In der Ferne hörten sie einen Unfallwagen und das Auf- und Abschwellen des Feierabendverkehrs in der Hauptstraße.

Annegrete war froh, dass sie ihm das Heft gegeben hatte. Sie wollte nicht mehr alles in sich hineinfressen. Das machte sie krank. Vorsichtig tastete sie nach seiner Hand und drückte sie. Er drückte sanft zurück und hielt sie fest.

27
Verschwunden

Sebastian humpelte zwischen dem aufgeklappten Umzugskarton und dem Schrank hin und her. Jede Woche wollte er ein Zimmer leer räumen, dann war er bis zum Umzugstermin locker fertig. Es klingelte. Er erstarrte. Vermutlich war es Emre. Es klingelte wieder. Er spürte seinen Atem. Nun klopfte es. Das war nicht typisch für Emre. So aufdringlich war er nun doch nicht. Sebastian humpelte zur Tür.

»Hallo Nanni, da bin ich aber überrascht.«

»Guten Abend, Sebastian. Hast du mal einen Augenblick Zeit?«

»Ja klar. Komm rein, aber nicht erschrecken, ich bin schon am Packen.«

»Ach, Sebastian, ich will es immer noch nicht glauben, dass du wirklich wegziehst.« Nanni nahm ihre Strickmütze ab und fuhr sich mit den Fingern durch ihr graues, wirres Haar.

»Das Wohnzimmer ist noch vollständig, wollen wir uns setzen?«

»Du humpelst ja immer noch, sag mal. Was sagt denn der Arzt dazu?«

»Der will operieren, aber ich weigere mich, weil er nicht sicher sagen kann, dass es danach besser wird.«

»Da hast du so viel Zivilcourage gezeigt beim Richtfest, und nun diese Wunde, die nicht heilt.«

»Ach, reden wir von etwas anderem, Nanni. Du bist doch bestimmt nicht nur mal so gekommen, oder?«

»Das stimmt, Sebastian. Ich frage jeden aus der Straße, ob er Uwe gesehen hat. Er ist wie vom Erdboden verschwunden und ich mache mir Sorgen, dass ihm etwas passiert ist.«

»Ich dachte, er wohnt bei den Hoffmanns im Schuppen. Obwohl es dort vermutlich inzwischen zu kalt ist.«

»Ja, das war es auch, aber dann hat Wilhelm letzte Woche Boden, Wände und Dach von innen isoliert, und wir haben ganz fröhlich mit ihm dort Kaffee getrunken. Er bekommt auch noch Geld für die Gartenarbeit von mir. Ich verstehe das nicht.« Nanni strich immer wieder über ihre Mütze. «Ben hat ihn gezeichnet und vorgeschlagen, überall eine Fotokopie davon aufzuhängen, um nach ihm zu suchen, aber das ist mir nicht recht. Vielleicht ist er ja einfach gegangen, warum auch immer. Seine Sachen sind ja auch alle weg.«

Sebastian spürte den Wunsch, der alten Nachbarin irgendwie zu helfen und sie zu trösten.

»Man kann sich natürlich an die Polizei wenden, aber ich fürchte, die werden uns nur milde anlächeln. Einen Obdachlosen zu finden, der vielleicht irgendwo übernachtet, ist wie eine Nadel im Heuhaufen zu suchen. Da haben die anderes zu tun. Ich glaube nicht, dass ihm etwas zugestoßen ist, Nanni, dann hätte er nicht alles mitgenommen. Vielleicht hat er mitbekommen, dass einige aus der Straße es nicht so gut finden, dass er dort wohnt.«

»Wie meinst du das? Wer denn?«

»Nun, Miriam drüben ist ja immer sehr besorgt, auch um Leonie, und jetzt, da sie mit ihr allein dort wohnt ...«

»Ach, Uwe tut doch keiner Fliege was zuleide. Außerdem kennen er und Leonie sich schon ganz gut.«

»Eben deswegen wohl. Zumindest hat Miriam so etwas angedeutet und auch, dass die alten Özers Angst hätten, dass wieder irgendetwas passiert. Nanni, mir ist es egal, wer bei Hoffmanns im Schuppen wohnt. Ich werde wegziehen. Ich muss zugeben, dass ich auch erstmal gestutzt habe, als ich davon hörte. Vielleicht würde ich aber genauso denken wie du, wenn ich ihn besser kennengelernt hätte.«

Er hatte das Gefühl, dass er nicht die richtigen Worte traf. Sie sah ihn an, und in ihrem Blick meinte er zu lesen: *Ja, halt du dich mal fein raus, mein Junge. Was kümmern dich die Sorgen deiner Nachbarn, du gehst fort. Flüchte nur vor den Menschen, die dich mögen, vor deinen Gefühlen, vor dem Leben.*

In der Nacht fand er keine Ruhe. Es beschäftigte ihn mehr, als nur die Gedanken um Nanni und den Obdachlosen. Der Umzug, das Packen und Aussortieren, sein Fuß, die Menschen in dieser Straße, die Hortensie, sein Vater im Heim. Dazwischen immer wieder die Stimme seines Therapeuten: *Lassen Sie die Wut auf Ihren Vater raus. Seien Sie hundertprozentig wütend. Sie dürfen wütend sein.*

Wie oft sollte er denn noch auf Schuhe, Kissen oder Ähnliches eindreschen? Er stand auf. Wanderte im Haus auf und ab, schaute auf die Straße, alles dunkel bei Alberts, Nanni und Möllers. Die Straßenlaterne warf ihr mildes Licht auf die kahlen Zweige der Birke vor Nannis Haus. War da ein Schatten an ihrer Gartenpforte? Sebastian starrte angestrengt hinüber. Vielleicht schlich der Obdachlose dort herum? Nein, vermutlich nur die Zweige, die sich im Wind bewegten.

Er wurde ruhiger, es tat gut, durch das Haus zu gehen. Fast alles hatte noch seinen Platz, nur ein paar Schränke waren schon leer, und einige Umzugskartons stapelten sich hinter den Türen.

Wie würde es in der neuen Wohnung sein? Er kannte niemanden dort am anderen Ende der Stadt. Er kannte nirgendwo jemanden außer bei der Arbeit und hier in der Straße. *Kennen*, was hieß das eigentlich? Wusste er, wie seine Arbeitskollegen über dieses oder jenes dachten, was sie für Sorgen hatten? – Nein. Hatte er Nanni jemals gefragt, wer der Mann war, mit dem sie jahrelang in dem kleinen Hexenhäuschen gelebt hatte, und wie es ihr ging, als er plötzlich nicht mehr da war und warum er nicht mehr da war? Und Jakob

Möller – einfach ganz plötzlich gestorben, woran eigentlich?

*Das geht uns nichts an. Jeder lebt sein Leben. Wir wollen
auch nicht, dass die Nachbarn ihre Nase in unsere Angele-
genheiten stecken. Basta!*

Schon seltsam, als das Haus der Schuberts einfach
abbrannte. Brandstiftung hieß es.

*Die mochte ich noch nie, die Schuberts, linkes Pack. Den-
ken, hinter jedem Furz steckt ein tieferer Sinn, und wählen
garantiert die Grünen.*

Als er eines Tages von der Arbeit nach Hause kam
und seinen Vater hustend in dichtem blauen Qualm
vor dem Fernseher fand, schoss er in die Küche, wo
die Herdplatte glühte. Darauf angebrannte Butter mit-
samt den verkohlten Resten des Papiers.

*Die verdammte Butter war steinhart, die musste ich doch
irgendwie weich kriegen.*

Das Seniorenheim war die einzige Lösung.

Von da an lernte er sein Elternhaus neu kennen. Er
wurde vertraut mit jedem Quadratzentimeter Fußboden, Wand und Decke. Fenster mit Sprossen hatten
ihm immer schon gefallen, nun bekam er welche. Die
Paneele verlegte er selbst, und die Wände befreite er
von nicht weniger als fünf Schichten Tapete. Das ru-
stikale Weiß bot jetzt einen edlen Kontrast zum war-
men Honigfarbton des Fußbodens.

Eine seltsam tiefe Ruhe überkam ihn. Er dachte an

das bevorstehende Weihnachtsfest. Irgendwo hatte er doch bestimmt noch eine Kerze. Er kramte in einer Schublade und fand das Grablicht, das er dann doch nie an das Grab seiner Mutter gebracht hatte, und steckte es in seinen Aktenkoffer. Morgen würde er sie besuchen und danach seinen ersten Adventskranz kaufen. Schließlich war Advent und noch war er hier. Und sein Fuß schmerzte heute Abend zum ersten Mal viel weniger.

28
Heiligabend

Uwe blieb verschwunden.

Es war Heiligabend. Ben holte den Tannenbaumständer aus dem Uwe-Häuschen, wie Timo den Schuppen getauft hatte.

Als er den Raum betrat, war die Luft abgestanden, aber nicht feucht, und es war sogar ein bisschen wohnlich, obwohl Timo und er die Regale wieder an ihren alten Platz zurückgeschoben und den Teppich aufgerollt hatten. Wilhelms Isolierung schützte den kleinen Raum tatsächlich vor dem Winter. Ruths Bett war wieder in ihrem alten Zimmer im Haus. Nur der Heizofen zeugte noch von dem Vorhaben, eine gemütliche Herberge zu schaffen.

Ben fand den Tannenbaumständer im Regal, darunter klemmte ein Zettel. Ben zog ihn hervor und befreite ihn vom Staub.

Danke für alles, aber ich muss weiter. Uwe

Ben ging in Hausschuhen zu Nanni rüber und klingelte.

»Hallo Nanni, schau mal, was ich im Schuppen gefunden habe.«

Er reichte ihr den Zettel. Sie las. »Gott sei Dank, ihm ist nichts passiert.« Sie griff nach dem Taschentuch in ihrer Weste.

»Trotzdem bleibt es doch ein Rätsel, warum er fort ist, oder? Nach all dem, was wir für ihn getan haben.«

»Ja. Das stimmt, Ben. Wir kannten ihn noch nicht wirklich. Er hat viel Schlimmes erlebt. Das nagt am Selbstbewusstsein. Ich glaube, das können wir alle nicht nachempfinden.«

»Da hast du vermutlich recht.« Ben drehte sich um und wollte schon wieder gehen. Er zögerte. »Wie verbringst du eigentlich die Weihnachtstage, Nanni?«

»Heute mach ich es mir wie alle Jahre mit Strubbel gemütlich, und morgen treffe ich ein paar alte Bekannte aus dem *CaFée mit Herz*.«

»Gut, gut. Ich dachte nur, falls du so gar nichts vorgehabt hättest ...« Er schaute etwas verlegen auf seine Pantoffeln.

Nanni steckte ihr Taschentuch ein und lächelte. »Danke für das Angebot, Ben, ich weiß das sehr zu schätzen. War eine schöne Aktion mit dem Uwe-Häuschen ... und mit Uwe.«

»Hey, woher kennst du den Namen für den Schuppen?«

»Hat Timo mir verraten.« Sie zwinkerte. »Einen schönen Heiligabend wünsch ich euch.«

»Danke, dir auch, Nanni.«

Ben bemerkte plötzlich seine kalten Füße. Eine zarte Eisdecke hatte sich über Gehweg und Fahrbahn gelegt. Er schlidderte vorsichtig hinüber zu seinem Haus.

»Na, pass Mann auf, dass du nicht hinsegelst.« Wilhelm brachte gerade einen Kranz an seiner Tür an.
»Was von Uwe gehört?«

»Der hatte sich auf einem Zettel verabschiedet, den habe ich eben zufällig im Schuppen gefunden.«

»Na, dann war ihm das wohl doch nicht so recht, im Uwe-Häuschen zu wohnen.«

»Ach, wer weiß, Wilhelm. Wir kannten ihn noch nicht.

Schöne Weihnachten für dich und Annegrete.«

»Ja, danke Ben, euch auch.«

29
Geschenkt

Denis parkte seinen Wagen vor dem Haus. Heute Abend würde er zum ersten Mal an Heiligabend wieder fortfahren. Er seufzte und hob gerade eine große Tüte mit Geschenken aus dem Kofferraum, als bei Sebastian die Tür aufging.

»Hallo Denis, sag mal, hast du vielleicht Feuer für mich? Jetzt hab ich einen Adventskranz und nicht mal Streichhölzer.«

»Hier.« Denis griff in die Manteltasche. »Nimm mein Feuerzeug, ist ein Werbegeschenk, kannst du behalten.«

»Danke.« Sebastian blieb stehen. »Sind die Geschenke alle für Leo?«

»Nein, nein, eins ist für Miriam.«

»Mmmh, bestimmt ganz schön schwierig mit Weihnachten dieses Jahr, oder?«

»Jepp. Aber da müssen wir jetzt durch. Was machst du so Weihnachten?«

»Nichts Besonderes. Meinen Vater im Heim besuchen und weiterpacken.«

»Ach ja, du ziehst ja auch weg aus der Sackgasse. Hat Leo erzählt, und sie findet es überhaupt nicht gut.«

Sebastian lächelte. »Es finden einige nicht gut, aber was soll's. Danach geht es nicht.«

»Na ja, irgendwie doch auch ein bisschen, oder?«

Sebastian zuckte die Schulter. »Frohe Weihnachten und viele Grüße an die beiden.«

Denis blickte Sebastian nach. Er würde sonst was geben, wieder in die Sackgasse zu ziehen.

»Papa, da bist du ja endlich. Warum klingelst du nicht?«

»Ich komm schon, Leo. Bin schon gespannt auf euren Tannenbaum.«

»Ach, der ist voll Panne dieses Jahr. So einen kleinen hatten wir noch nie. Mama wollte eigentlich gar keinen, stell dir das mal vor.«

Sie schloss die Tür hinter ihm. »Die Geschenke lege ich mal unter den Baum.« Sie nahm ihm die Tüte ab.

»Na, das klingt ja nicht sehr fröhlich.«

»Bin ich auch nicht. Es ist voll das blödeste Weihnachten, das ich je hatte.«

»Warte doch erst mal ab, Leo. Viele Menschen können überhaupt nicht feiern.«

»Ja, wie dieser Uwe, aber der ist ja leider wieder weg. Bestimmt weil Mama ihn immer so abweisend angeguckt hat.«

»Wen hab ich abweisend angeguckt?« Miriam kam die Treppe hinunter. Sie trug eine ausgebeulte Jeans und ein fleckiges T-Shirt. Denis erschrak, er hatte sie zwei Wochen nicht gesehen. Sie war noch dünner geworden.

»Mama, willst du dir nicht etwas Hübscheres anziehen?«

»Nein, Leo, ich ziehe an, wonach mir ist, und danach ist mir heute.«

Leo schaute zu Denis.

Denis kratzte sich am Kopf. »Okay, dann lasst uns doch einfach Bescherung machen, und anschließend koch ich uns Spaghetti mit Tomatensoße, das kann ich zurzeit am besten.«

»Prima! Ein super Weihnachtsessen. Besser als die blöde Gans jedes Jahr.«

»Ente, Leo. Es war immer eine Ente, mit Rotkohl und Klößen und der leckersten Soße von deiner Mutter, die man sich vorstellen kann.«

Denis schaute zu Miriam und schob seine Tochter Richtung Wohnzimmer. »Also los, machen wir Bescherung.«

»Ich will überhaupt keine Geschenke. Ich will, dass wieder alles so ist wie früher, bevor ihr angefangen habt, dauernd zu streiten.« Leo warf sich auf die Couch und verschränkte die Arme vor der Brust. »Wenn das nicht geht, dann will ich wenigstens einen Hund.«

Miriam zog die Augenbrauen hoch. »Ich mach uns jetzt erstmal einen Tee.«

»Typisch Mama, wenn es mal was Wichtiges zu besprechen gibt, macht sie erstmal einen Tee.«

Denis setzte sich zu Leo. »Willst du nicht vielleicht doch mal ein Geschenk auspacken?«

»Nein! Ich will eure blöden Geschenke nicht. So viele Geschenke habe ich noch nie bekommen. Das ist nur, weil ihr so ein schlechtes Gewissen habt, dass ich jetzt ein Trennungskind bin und vielleicht die Schule nicht schaffe.«

»Du schaffst die Schule nicht? Davon weiß ich ja gar nichts.«

»Na ja, so schlimm ist es noch nicht, aber wer weiß, wenn ich in Mathe den Anschluss verliere, weil Nanni das auch nicht mehr so richtig peilt ...«

»Wieso hilft Nanni, und nicht Mama oder ich?«

»Ach, Papa! Auf Nanni ist eben immer Verlass. Warmes Essen, Hilfe bei den Hausaufgaben, sich kümmern um ein Kind eben. Außerdem ist es spannender bei Nanni wegen Uwe. Aber der ist ja leider verschwunden.« Sie zupfte an ihrem schwarzen Rock.

Miriam kam mit einem Tablett mit Keksen und Schokolade aus der Küche.

»Ich bin sehr froh, dass dieser Uwe nicht mehr hier wohnt. Obwohl *wohnen* konnte man das ja eigentlich nicht nennen in diesem Schuppen. Das hab ich ihm auch gesagt.«

»Was hast du ihm gesagt, Mama?« Leonie richtete sich auf und fixierte ihre Mutter, während diese das Tablett auf dem Couchtisch abstellte. »Der Tee ist gleich fertig.«

»Ja, was hast du ihm gesagt? Das wüsste ich jetzt auch gern.« Denis schaute Miriam an.

»Ich hab ihm gesagt, dass es bestimmt ordnungswidrig sei, dort zu wohnen, und dass es ja schon sein könnte, dass ihn jemand anschwärzt.«

»Mama, du bist so gemein.«

Leonie sprang auf und rannte zur Haustür.

»Hey, Leo. Bleib hier. Wo geht sie denn jetzt hin?«

»Na, wohin wohl? Zu ihrer geliebten Nanni natürlich, da ist sie ja ohnehin jeden Tag nach der Schule und am Wochenende, wenn sie nicht bei ihrem geliebten Papa ist. Ich bekomme sie kaum noch zu Gesicht ... ist vielleicht im Moment auch ganz gut so.«

Miriam schaute an sich herunter und begann zu weinen. Denis zog sie zu sich auf die Couch und legte den Arm um sie.

»Vielleicht sollten wir noch einmal in Ruhe über alles reden. Über uns, über Leo und wie es weitergehen könnte. Ein Kollege von mir war mit seiner Frau bei einer Paartherapie und ...«

»Ach Denis, lass gut sein.« Sie befreite sich aus seiner Umarmung und wischte sich die Tränen mit dem Ärmel ab. »Ich muss erstmal zu mir selbst finden. Ich hol uns mal den Tee.«

Sie stand auf und fühlte den Boden unter ihren Füßen schwanken. Rasch hielt sie sich am Türrahmen fest.

»Alles klar mit dir, Miri?«

Miri, so hatte er sie früher immer genannt, sie schluckte.

»Ja, ja, geht schon wieder, hab wohl ein bisschen wenig gegessen in letzter Zeit.«

30
Spekulatius

Was könnte er seinem Vater ins Heim mitbringen? Es war schließlich Heiligabend. Irgendetwas würde er schon finden. Als Sebastian den Eingang des Supermarktes betrat, kam ihm Oktay entgegen.

»Hallo Oktay, ich wünsch euch schöne Feiertage. Feiert ihr Weihnachten?«

»Hallo Sebastian, ja wir feiern mit Tannenbaum und Geschenken, das volle Programm. Ist bei uns aber mehr so eine Art Sonnenwendfeier.« Er zwinkerte. »Und du? Hab gehört, dass du wirklich wegziehen willst. Finde ich schade, gerade nach deinem Einsatz beim Richtfest. Damit war für mich wieder alles in Ordnung. Birkan wird dich besonders vermissen. Es ist doch nicht wegen dieser ganzen Geschichte, oder?«

»Nein, ist mehr so, weil ... ach ... ich muss weiter, Oktay, die schließen hier gleich.«

»Ja, stimmt. Schöne Feiertage.«

Sebastian strich rastlos durch die Gänge. Was hätte er Oktay sagen sollen? Ja, es ist wegen *dieser ganzen Geschichte*? War es denn so? Flüchtete er vor seinem eigenen schlechten Gewissen? Oktay hatte ihm verziehen. Das bedeutete ihm sehr viel. Abrupt blieb er stehen. Nein, die ganze Geschichte war nicht der Grund.

Er schluckte. Der Grund für seine Flucht waren die Nachbarn, die immer näher rückten. Emre, Nanni, Birkan, Selen, ja sogar Miriam und Leonie suchten mehr Kontakt, seitdem Denis ausgezogen war.

Er lief davon, weil ... weil sie ihm Angst machten mit ihrer Nähe, wie sollte er das aushalten? Er hielt sich am Regal fest.

»Ist Ihnen nicht wohl?« Eine junge Frau legte ihre Hand auf seinen Arm. Er spürte ihre Wärme durch seinen dünnen Wollmantel und wünschte sich für einen Moment, dass sie die Hand nie wegnehmen würde.

»Entschuldigung, ich wollte nicht aufdringlich sein, aber Sie sehen so blass aus.«

»Ich danke Ihnen, es geht mir schon wieder gut.«

Die Frau lächelte. Sie hatte ein kleines Grübchen in der rechten Wange. Genau wie seine Mutter.

»Ich kann Ihnen diese Kekse sehr empfehlen. Die besten Spekulatius *ever*.«

Und wieder das Grübchen, er starrte sie an und nahm das Päckchen. »Danke, da nehme ich gleich zwei.«

Sie reichte ihm noch eins. »So, nun muss ich aber weiter, die schließen hier gleich. Ich hoffe es geht wieder?«

»Ja, ja. Ganz herzlichen Dank und frohe Weihnachten.«

»Danke, Ihnen auch.« Sie entschwebte engelsgleich.

War er jetzt völlig verrückt?

Sein Vater lag im Bett und starrte an die Decke wie gewohnt.

Sebastian begrüßte ihn, ohne eine Antwort zu erwarten und stellte ihm die Rückenlehne am Bett auf. Nun starrte sein Vater an die gegenüberliegende Wand. Dort hing sein Morgenmantel neben Sebastians Wintermantel. Beim Öffnen der Kekspackung verbreitete sich der Duft von Spekulatius. Sein Vater reagierte mit einem kurzen Blick in seine Richtung. Sebastian reichte ihm einen Keks, und sie kauten beide stumm. Wieder kam diese ungewohnte Ruhe über ihn. Die Hektik der letzten Wochen, die Gefühlsausbrüche, Panikattacken, der Stress durch den Umzug, all das rückte von ihm ab. Er saß hier, bei seinem Vater und aß die besten Spekulatius *ever*. Langsam wurden seine Augen schwer und er döste im Sitzen ein. Als er erwachte, war es schon dunkel draußen. Er knipste die Nachttischlampe an. Sein Vater schlief. Die Kekspackung fest umklammert. Leise stand Sebastian auf, nahm seinen Mantel vom Haken und legte ihn sich über den Arm. Der Alte bewegte sich und schaute ihn an. »Frohe Weihnachten, mein Sohn.«

»Frohe Weihnachten, Vater.«

Er fuhr durch die dunklen, leeren Straßen. Fast freudig bog er in die Sackgasse ein. Lächelnd schloss er die Haustür auf und freute sich auf diesen orientalischen Gewürztee, den Emre ihm gestern vorbeigebracht hatte. Er holte die zweite Packung Kekse aus dem Auto. Als er alle vier Kerzen angezündet hatte, dachte er an seinen Vater. *Pass auf Sohn, dass du nicht das Haus abfackelst. Dein Großvater hätte mir das nie erlaubt.* Sebastian wusste nicht viel über seinen Großvater. Der war schon tot, als sein einziger Enkel geboren wurde. Seinem Führer treu ergeben, hatte er im Krieg bis zuletzt gekämpft, auch danach hatte er Hitler stets verteidigt und alle Gräueltaten schlichtweg als Lügen abgestempelt. Sebastians Vater erzog er zu einem kleinen Soldaten. Gehorsam, Pflichterfüllung und Disziplin waren seine obersten Werte. Sebastian erkannte die Zusammenhänge zum ersten Mal in ihrer ganzen Tiefe. Er schauderte. Sein Handy klingelte.

»Ach, guten Abend Ali ... Oh, nein! ... Waren Sie bei ihm, als er ... Danke Ali, das ist tröstlich zu wissen. ... Nein, ich glaube, ich möchte ihn nicht noch einmal sehen. Ich war vorhin noch bei ihm, und so möchte ich ihn in Erinnerung behalten. ... Ach, die Spekulatius hatte er noch immer in der Hand? ... Danke, Ali. Was ist denn jetzt zu tun? ... Gut, dann komme ich gleich nach Weihnachten und regele alles. Danke, Ali, danke.«

Sebastian sank auf das Sofa. Er starrte auf die vier Kerzen, die in aller Stille leuchteten und deren Lichter mit seinen Tränen allmählich verschwammen. »Frohe Weihnachten, Vater. Frohe Weihnachten.«

31
Orientierung

Emre drückte den Klingelknopf. Nichts geschah, kein Geräusch zu hören. War Sebastian schon ausgezogen? Emre beschlich leichte Panik. Das konnte doch nicht sein. Das durfte nicht sein. Er klingelte wieder. Da – Schritte näherten sich. Sebastian öffnete die Tür. »Ach, Emre, du bist es. Ich dachte, es sind die Umzugsleute.«

Emre blickte in das enttäuschte Gesicht. Er spürte einen Stich. »Ich wollte dir nur noch kurz Auf Wiedersehen sagen.«

»Komm rein.«

Emre betrat zögerlich den leeren Flur. Im Wohnzimmer stapelten sich volle Kartons. »Du kannst mir helfen, die restlichen Aufkleber auf die Kartons zu kleben, hast du Lust?«

»Dich zu fragen, ob du dir das nicht noch mal überlegen könntest mit dem Umzug, hat wohl wenig Zweck, oder? Ich weiß, dass es albern ist, aber ich werde dich vermissen.«

»Ach Mensch, Emre, jetzt mach es mir doch nicht auch noch schwer. Es reicht, dass Nanni und Miriam hier dauernd aufkreuzen seit der Beerdigung meines Vaters und mich vom Packen abhalten. Ich hab das entschieden, verdammt noch mal, und damit basta!« Sebastian wischte sich mit einem Ärmel über die Augen. »Verdammter Staub!«

Es klingelte. Die Möbelpacker. Ein riesiger Umzugswagen parkte vor dem Haus.

Emre ging ins Wohnzimmer und hörte, wie Sebastian die Möbelpacker anwies, mit den Sachen im Keller anzufangen.

Dann kam er zu Emre und schloss die Tür zum Flur. »Hör zu, Emre, es tut mir leid, dass ich dich da eben so angefahren habe, aber die letzten Monate waren nicht leicht für mich. Ich weiß nicht, was für eine Art Freundschaft du dir erhofft hast, aber ich bin definitiv nicht schwul.«

»Freundschaft hört sich gut an. Gefühle zu dir ... ja irgendwie schon, aber irgendwie auch nicht. Ich weiß im Moment gar nichts.«

Emre ließ sich auf die Couch fallen, die jetzt direkt vor der Terrassentür stand. Im Flur hörte man Gepolter und Schritte. Sebastian setzte sich zu ihm, mit etwas Abstand. Sie schauten schweigend in den Garten und Emre bemerkte, wie Sebastian auf die schneebedeckten Zweige und braunen Blütenstände der Hortensie starrte und dann ein Taschentuch aus der Hosentasche kramte.

»Nimmst du die Hortensie nicht mit?«

»Wie denn, ist doch eine Etagenwohnung.«

»Wir bleiben in Kontakt, oder? Ich meine, falls ich

doch schwul bin, ich schwör: Ich lass dich in Ruhe.«

Sebastian lachte und wischte sich die Tränen weg. »Ach komm, hör doch auf. Keiner ist so attraktiv wie ich. Ein Meter sechzig, Figur eines Hänflings und schon fast kahlköpfig.«

»Ich weiß zwar nicht, was ein Hänfling ist, aber du bist mutig und schlau, und deine Fotos sind auch ganz passabel. An deinen Graffitikünsten solltest du allerdings noch etwas arbeiten.«

Emre schaute Sebastian an und grinste. »Espresso gibt´s wohl eher nicht heute, oder?«

»Doch! Denkst du die Maschine packe ich ein in der schrecklichsten Phase meines Lebens? Hier wegzuziehen ist wie ins Exil zu gehen. Ich muss bescheuert sein.«

»Musst du ja nicht machen.«

Da klopfte es an der Wohnzimmertür und einer der Männer steckte den Kopf durch den Türspalt.

»Äh, die schwere Töpferscheibe aus dem Keller, soll die auch mit?«

Emre stürzte außer Atem in den Imbiss. Sein Vater stand hinter dem Tresen, neben ihm Cem. Kein Gast weit und breit. »Hallo Onkel, was machst du denn noch hier? Ich dachte du bist wieder nach Australien zurück.«

»Hallo Emre, ich hab ein bisschen umdisponiert, weißt du?«

»Ich muss euch unbedingt was erzählen. Eben war ich bei Sebastian, das ist der Jurist, von dem ich dir erzählt hab, Cem, der auch in unserer Straße wohnt. Stellt euch vor. Wir sitzen auf seinem Sofa und die Möbelpacker sind dabei, den Keller auszuräumen, da fragt einer, ob die Töpferscheibe auch mit soll. Sebastian schaut in den Garten, dann auf seinen Fuß und sagt doch tatsächlich ...«, Emre baute sich mitten im Verkaufsraum auf, »*Wissen Sie was? Tragen Sie alles zurück in den Keller und machen Sie Feierabend. Der Umzug findet nicht statt. Das Ganze war ein riesiger Irrtum.* Die Möbelpacker hättet ihr sehen sollen! Das haben die bestimmt noch nie erlebt, so sprachlos, wie die dastanden.

Und dann hab ich zu Sebastian gesagt: ›Mensch, da hast du ja jetzt jede Menge Umzugskartons über, die du prima verleihen kannst ... ‹«

Emre lachte die beiden Männer mit glühenden Wangen an. Cem blickte zu Oktay, und der sah auf seinen Sohn.

»Was ist? Was guckt ihr so? War das nicht eine klasse Idee mit den Umzugskartons?«

»Das war eine super Idee, Emre.«

Sein Vater und Cem kamen hinter dem Tresen hervor. Oktay nahm ihn in den Arm.

»Ich muss noch mal eben schnell etwas besorgen.«

Weg war Cem.

»Was ist denn mit dem los? Warum muss er gerade jetzt so schnell weg?«

»Komm, wir setzen uns und trinken einen Chai zusammen. Dabei erzähl ich dir etwas über meinen Bruder.«

32
Umzugskartons

»Mama, findest du es auch toll, dass Sebastian nicht wegzieht?«

»Ja, Bircan, das finde ich auch gut.«

»Gut ist nicht das Gleiche wie toll.«

»Mmmh, ich glaube, du magst ihn vielleicht ein kleines bisschen lieber als ich.«

»Ich glaube Emre mag ihn noch viel lieber.«

»Wie kommst du darauf?«

»Na ja, weil Emre immer so lacht, wenn er was von ihm erzählt. Ist ja auch egal. Wollen wir schon Sachen in Sebastians Kartons packen?«

»Ja, lass uns einfach mal anfangen. Als erstes müssen wir einen Karton aufbauen.«

Bircan sprang auf. »Au ja! Ich freu mich schon so auf das neue Haus und dass Oma und Opa dann ganz nah bei uns wohnen und wir jeden Tag zusammen essen und dann kann doch Mia bestimmt mal bei mir übernachten und Hühner möchte ich auch haben, genau wie Mia, die sind so weich und mögen gern gestreichelt werden und eine Schaukel wünsch ich mir und Oma will mit mir ein echtes Gemüsebeet anlegen, davon können wir dann jeden Tag essen.«

Selen lächelte ihre quirlige Tochter an und nahm sie

in den Arm. »Ja, das wird alles sehr schön in unserem Haus.«

Dabei dachte sie an das letzte Telefonat mit dem Bauamt. Es gab Probleme mit dem Wasseranschluss.

Oktay betrat die Wohnung. »Oh, fangt ihr schon an zu packen? Das ist ja prima. Ich habe eben erfahren, dass das Haus Mitte März bezugsfertig übergeben wird. Jetzt können wir kündigen und den Umzug planen.«

»Und was ist mit dem Wasser?«

»Das klappt bis dahin, der zuständige Sachbearbeiter ist total zuversichtlich. Cem reist jetzt wieder nach Hause, kommt dann aber zum Umzugstermin wieder. Das wollte er unbedingt, ich konnte es ihm nicht ausreden.«

Oktay lächelte und nahm Selen in den Arm. »Jetzt haben wir es bald geschafft. Was hältst du davon, wenn wir im April eine *Sackgassenbewohnereinzugsparty* geben? Vielleicht kann man da im Garten schon ein bisschen grillen.«

»Oh, nein, nicht grillen.« Selen und Bircan schauten ihn erschrocken an.

Das Telefon klingelte. Bircan flitzte zum Apparat.

»Hallo Mia ... Warte, ich frag mal. Mama, kann ich noch zu Mia?«

»So, und was ist mit Packen?« Selen spielte die Entrüstete und Bircan zog eine Schippe.

»Na klar, geh zu Mia zum Spielen.«

Bircan lächelte und einige Minuten später war sie verschwunden.

Oktay sah hinunter auf die Straße und winkte seiner Tochter zu, dann drehte er sich zu Selen.

»Ich habe Emre vor einiger Zeit von Cem erzählt und warum er nach Australien gegangen ist.«

»Oh, und das erzählst du mir erst jetzt?«

»Ach, es war so viel los, und wir waren so wenig allein.«

»Und warum hast du es ihm erzählt?« Selen musste sich setzen. Oktay rückte einen Stuhl heran und setzte sich zu ihr. »Cem und ich haben da so eine Vermutung, weißt du?«

»Was für eine Vermutung?« Selen spielte mit ihrem Ehering.

»Nun, dass er vielleicht – genau wie Cem – schwul sein könnte. Er spricht immer so enthusiastisch von bestimmten Männern und eigentlich nie von Frauen und Mädchen, oder?«

»Ja, das stimmt, das ist mir auch aufgefallen. Und wenn es so wäre? Das ist doch heutzutage kein Drama mehr, oder?«

»Nein, das ist kein Drama mehr, zum Glück. Wenn wir nicht vorhätten, mit meinen Eltern demnächst unter einem Dach zu leben, wäre das auch überhaupt kein Thema ...«

»Oktay, dann müssen Baris und Feyza lernen, es zu akzeptieren, es reicht doch, dass dein Bruder deswegen nach Australien gegangen ist.«

»Ich weiß nicht, ob du da nicht zu viel von ihnen verlangst, Selen.«

33
Loslassen

»Baris, wie stellt man so einen Umzugskarton auf?«

Feyza stand in der Tür zum Wohnzimmer. Baris lächelte und schaltete den Fernseher aus. Schlagartig war der Raum dunkel. Der trübe Januartag war unbemerkt in den Abend übergegangen. Feyza knipste das Deckenlicht an.

»Das ist ganz einfach, Liebes.« Baris griff nach dem Pappkarton und zog die Stirn in Falten.

»Na, so einfach scheint es ja nicht zu sein, wenn ich deine krause Stirn so sehe.«

»Nun lass mich mal einen Augenblick überlegen.« Baris entfaltete den Karton und drehte und wendete ihn. »Warum willst du eigentlich schon anfangen zu packen? Wir haben doch noch so viel Zeit.«

»Schau mal, da ist eine Beschreibung aufgedruckt, wie das Ding aufgebaut wird. Ich finde, wir packen ein und sortieren dabei gleich aus. Sachen, die wir lange nicht mehr benutzt haben, kommen nicht mit.«

»*Kommen nicht mit* was soll das denn heißen?« Baris holte ein Taschentuch hervor und putzte seine Brille.

»Wir haben so viel Krempel, Baris, das ist doch die Gelegenheit, mal was davon loszulassen, zu verschenken oder zu verkaufen.«

»*Loslassen* ist nur ein netteres Wort für wegwerfen, oder?«

Er setzte seine Brille wieder auf. »Ich ahne schon – der Umzug wird doppelt anstrengend für mich. Schade, dass Cem nicht mehr hier ist, der hätte mich bestimmt dabei unterstützt, die schönen Dinge, die wir haben, aufzubewahren. Schließlich weiß man ja nie ...«

»Ja, dein geliebter Cem. Der ist mal wieder in sein geliebtes Australien abgedüst.«

»Hey, was bist du garstig.«

»Er war nur so kurz hier, und dauernd hat er mit irgendwem in Sydney telefoniert. Geflüstert hat er manchmal, obwohl ich überhaupt kein Englisch verstehe, und gelacht hat er, als wenn er verliebt ist. Dabei war es eindeutig eine Männerstimme am anderen Ende der Welt.« Feyza hielt die Hand auf, und Baris gab ihr sein Taschentuch.

»Ja, das hab ich auch ein paar Mal beobachtet. Aber das ist seine Angelegenheit. Damit haben wir nichts zu tun. Ich bin froh, dass wir bald mit Oktay und seiner Familie zusammen leben. Ich hoffe, Emre zieht später nicht auch noch nach Australien.«

»Wie meinst du das, Baris?«

»Ach, vergiss es, lass uns mal gemeinsam die Beschreibung für den Aufbau ansehen.«

»Ja, das hört sich gut an, danach werde ich anfangen, in der Küche auszusortieren und einzupacken. Es wird bestimmt ganz wunderbar mit Oktay, Selen und den Kindern.«

»Ja, ich freu mich auch immer mehr, jetzt, wo das Haus schon bald fertig ist. Hast du noch manchmal Angst, in die Straße zu ziehen?« Baris nahm seine Frau in den Arm.

»Nein, nur manchmal, wenn ich nachts wach werde, aber dann stelle ich mir vor, wie schön es sein wird, und schlafe wieder ein.«

»So mach ich es auch. Wir sind dort sicher, und wenn nicht, dann holen wir einfach Sebastian rüber.« Baris zwinkerte sie an.

»Ja, genau – und nun zum Karton.«

34
Pläne

Nanni hatte den Kaffeetisch für drei Personen ge-
deckt. Frische Tulpen, das Service von Helmut, Ser-
vietten mit kleinen Schneemännern. Im ganzen Haus
duftete es nach Apfelkuchen. Gerade als sie die Sahne
auf den Tisch stellte, klingelte es.

»Ist das eine lausige Kälte.« Wilhelm stapfte auf der
Fußmatte den Schnee von den Schuhen, Annegrete tat
es ihm nach.

»Kommt rein. Zum Glück hattet ihr es ja nicht weit.
Schön, dass es endlich mal mit einem Kaffeestündchen
klappt.«

Annegrete streifte den Mantel ab, den sie nur über
die Schultern geworfen hatte, und hängte ihn an die
Garderobe. »Ja, es ist so eine schöne Unterbrechung
unserer Ödnis.«

»Eurer Ödnis?«

»Ach, Annegrete hat ein Wort für unser langweili-
ges Dasein im Winter – Ödnis.« Wilhelm verzog das
Gesicht.

»Nehmt Platz, wo ihr möchtet.« Nanni holte den
Apfelkuchen aus der Küche. »Ich hoffe, ihr mögt Apfelkuchen.«

Die beiden grinsten sich an. »Es ist unser Lieblingskuchen.«

»Also Ödnis hab ich auch immer wieder. Dann fahre ich an den Hafen und schaue im *CaFée mit Herz* vorbei.

Ich hoffe ja, dass ich dort mal Uwe über den Weg laufe oder er mir. Hier ...« Nanni holte aus dem Sekretär ein Blatt Papier. »Diese Zeichnung hat Ben mal von ihm gemacht und ich hab sie allen im CaFée gezeigt, aber keiner hat ihn gesehen.«

Annegrete schaute zu Wilhelm und dann zu Nanni. »Fehlt er dir, oder ist es nur die Sorge um ihn?«

»Beides.« Nanni schluckte und legte die Zeichnung beiseite.

»Aber nun mal ernsthaft zu eurer und meiner Ödnis. Vielleicht sollten wir einen Spieleabend ins Leben rufen.«

»Schau nicht so entsetzt, Wilhelm. Ich finde die Idee gut, Nanni. Schließlich sitzen wir jeden Abend vor der verdammten Flimmerkiste.«

»Das ist nicht euer Ernst, oder? Fröhliches *Rentner-Mensch-Ärgere-Dich-Nicht*? Ohne mich!«

»Ich hatte da eher an etwas anderes gedacht.« Nanni reichte Wilhelm die Sahne. »Könnt ihr Skat?«

Wieder grinsten Annegrete und Wilhelm sich an.

»Das haben Wilhelm und ich lange Jahre mit einem Kollegen nach der Arbeit gespielt. Ist aber schon ewig her.«

»Na, dann ist unsere Skatrunde jetzt perfekt.« Nanni

hob ihre Kaffeetasse, da klingelte es an der Tür.

Es war Leo. »Hallo Nanni, kann ich zu dir? Mama ist noch bei der Arbeit, und ich muss dir unbedingt was erzählen.«

»Na, komm rein, Leo. Ich habe gerade Wilhelm und Annegrete zu Besuch. Möchtest du auch ein Stück Kuchen?«

»Nee, danke, ich hatte gerade eine Riesenpizza. Riecht aber lecker hier. Ich bekomm nämlich einen Hund! Also es ist noch nicht so ganz sicher, aber Mama denkt mal drüber nach, und das ist immer ein gutes Zeichen.« Sie lächelte in die Runde und pulte hastig an ihrem Nagellack. »Papa findet es nicht so toll, aber der ist ja nicht mehr hier, hat also nicht so viel mit dem Welpen zu tun.«

»Oh, ein Welpe.« Nanni schaute ernst. »Da braucht ihr aber viel Zeit für den kleinen Vierbeiner.«

»Das klappt schon. Schließlich haben wir ja auch noch dich, hat Mama gesagt.«

Wilhelm schaute aufmerksam zu Nanni, die gerade Kaffee nachschenkte.

»Weißt du, Leo, ich bin gern für dich da, und wenn ihr einen kleinen Hund aufnehmt, dann kannst du ihn gewiss auch mitbringen, aber wir müssen schauen, wie Strubbel sich mit ihm versteht. Es könnte auch sein, dass es nicht klappt, und Strubbel wohnt hier nun mal. Plant mich nicht zu sehr mit ein.«

Sie schaute flüchtig zur Kommode, auf der Uwes

Bild lag.

Leo rutschte auf dem Sessel hin und her.

»Ach, das wird schon klappen, Nanni. Ich wünsch mir so sehr einen kleinen Hund. Es wird wohl ein Pudel, weil der nicht allergisch macht.«

Nanni lächelte und schaute gleichzeitig besorgt auf das junge Mädchen. Das war nicht mehr die fröhliche, neugierige Leonie, die sie im letzten Sommer kennengelernt hatte. Es war viel passiert in Leos Leben.

Das Handy des Mädchens summte. »Ah, Mama ist zu Hause, ich geh rüber. Tschüs, bis morgen.« Und weg war sie.

35
Skizzen

»Dad? Wo bist du?«

»Oben im Arbeitszimmer. Bring mir ein Bier mit, wenn du raufkommen solltest.«

Kurze Zeit später schubste Timo die Tür zum Arbeitszimmer auf und jonglierte ein Tablett mit Baklava und zwei Bechern Kaffee.

»Nix da, von wegen Bier. Dafür ist es noch viel zu früh, alter Mann.«

»Hey, hey, ich sag schon Bescheid, wenn ich entmündigt werden möchte. Oh, lecker Baklava, auch nicht schlecht, aber so ein Feierabend-Bier ... Achtung! Tritt nicht auf meine Skizzen.«

»Wow, das sind aber schon viele.« Timo stellte das Tablett auf den Schreibtisch und sah auf den Fußboden. »Du solltest dir eine große Pinnwand zulegen. Hey, das bin ja ich. Ganz gut für den Anfang.«

»Pass auf, was du sagst, ich bin eine empfindsame Künstlerseele.« Ben griff sich einen Kaffeebecher.

»Soll das hier Mama sein?« Timo deutete auf eine Frau mit krausem Lockenkopf.

»Nein, das ist ... also das ist Ramona Perl.«

»Eine Kollegin?« Timo bemerkte, wie sein Vater etwas errötete und in seinen Kaffeebecher pustete.

»Dad, der Kaffee ist nicht mehr heiß. Wer ist die Frau?«

»Ach, sie arbeitet im Reisebüro neben der Firma. Ich musste dort etwas buchen, und da sind wir ins Klönen gekommen.«

»So, so, *ins Klönen gekommen.*« Timo grinste. »Und dabei hast du sie gleich mal ein bisschen gezeichnet.«

»Skizziert, das ist nur eine Skizze, mehr nicht.«

»Okay, da will ich mal nicht weiter nachbohren, aber vielleicht sollte ich sie warnen, weil sie voll in dein Beuteschema passt.«

»Ach hör auf, Timo. Wie war es heute im Hotel?«

»Da war alles gut, nette Gäste kennengelernt. Aber eigentlich wollte ich dir erzählen, was ich von Oktay gerade gehört habe. Er glaubt, Uwe gesehen zu haben, ein paar Straßen von hier entfernt, und Sebastian hat Oktay erzählt, dass es Uwe gewesen sein könnte, der heute Morgen bei Nanni ins Haus gegangen ist. Was sagst du dazu?«

»Uwe taucht wieder auf? Finde ich prima. Für Nanni würde es mich besonders freuen. Aber vielleicht haben sich die beiden auch geirrt, mal abwarten.«

»Mal angenommen, es ist Uwe. Bist du nicht sauer, weil er nach unserem Hilfsprogramm einfach verschwunden ist?«

»War ich anfangs, aber dann hat Nanni was Richtiges gesagt: Wir hatten ihn doch noch gar nicht richtig kennengelernt. Wie fühlt man sich, wenn einen das

Leben so an den Rand der Gesellschaft schiebt? Das ist aus unserem Super-safe-Leben heraus überhaupt nicht nachzuempfinden, oder?«

»Stimmt. Ich muss zugeben, dass ich immer noch sauer auf ihn bin. Möglicherweise legt sich das gerade ein bisschen. Und vielleicht haben sich Oktay und Sebastian ja auch geirrt.«

36
Rückkehr

Es war einer dieser sonnigen Wintertage. Viel zu warm für Ende Januar, Tulpen und Krokusse schoben schon ihre ersten Triebe aus der Erde.

Sie sah zuerst nur die Umrisse eines Mannes, als sie die Haustür öffnete und gegen die Sonne anblinzelte. Dann erkannte sie ihn. Die schmale Gestalt, die leicht gebückte Haltung, wie sie große Menschen oft haben – falls der Kopf mal wieder in Gefahr ist.

»Uwe!«

»Hallo Nanni.«

Da stand er. Wie aus dem Nichts.

»Mensch, das ist ja eine Überraschung, komm rein, ich kann dich gar nicht richtig erkennen gegen die Sonne.«

Beim Eintreten zog er seine Mütze vom Kopf und fuhr sich durch die kurz geschorenen grauen Haare und durch den gestutzten Bart. »Ist ein bisschen kurz geworden.«

»Ach, wächst ja meistens viel zu schnell und schon muss man wieder zum Putzbüdel.«

Uwe grinste. »Das Wort kennst du?«

»Ja, ich versteh ganz gut Plattdeutsch, aber sprechen kann ich nur ein paar Wörter.«

»Na, mien Deern, dat wüllt wie seehn, wenn ick mit di up Plattdüütsch snacke, as du denn antworten deist.«

Nanni lachte. »Nee, nee, so schnell schaffst du es nicht, Uwe.« Sie sah ihm in die Augen. Sie waren grün und nicht blau, wie sie fest geglaubt hatte.

»Schön, dass du wieder da bist. Wir haben uns alle Sorgen gemacht, als du plötzlich weg warst.«

Uwe knetete seine Mütze, als wollte er sie auswringen. Die Augenbrauen zusammengezogen, schaute er sie an. »Alle bestimmt nicht.«

»Na ja ... aber die meisten.«

Sie standen im Flur und schauten sich an. Man hörte nur die Vögel in der Buchenhecke zwitschern, als hätten auch sie sich in der Jahreszeit geirrt.

»Also. Wenn du einen Kaffee für mich hast, würde ich glatt noch ein bisschen bleiben. Hab nämlich was zu erzählen.«

»Wilhelm!«

»Was ist denn los, Annegrete? Ich bin im Keller.«

»Ich komme runter – es gibt Neuigkeiten.«

»Langsam, langsam, denk an die kaputte Stufe.«

Wilhelm reichte ihr die Hand.

»Stell dir vor, Uwe ist wieder da. Ich hab eben Nanni getroffen.« Sie sah sich um. »Was werkelst du hier eigentlich?«

Wilhelm grinste. »Ich hab Ben getroffen, und der hat mir auch von Uwe erzählt. Dass er nun doch im Uwe-Häuschen wohnen will, wenn es Ben und Timo recht ist. Nun bring ich gerade die wackligen Beine von unserem alten Esstisch in Ordnung, den könnte er gut gebrauchen.«

»Ach, dann weißt du ja schon alles.« Annegrete zog die Mundwinkel nach unten, aber mit den Augen lächelte sie.

»Bestimmt nicht, meine liebe Frau, du kennst doch die Männer. Sie erzählen nur das Nötigste.«

»Gut, dann erzähl ich jetzt mal alles, was ich noch weiß.« Sie setzte sich so rasch sie konnte in den alten Sessel und erzählte, während sie ihren Mantel aufknöpfte.

»Also ... Uwe ist ab März Straßenmagazin-Verkäufer vor unserem Supermarkt. Außerdem hat er gelesen, dass sie im Markt für früh morgens Warenverräumer suchen. Das möchte er vielleicht auch gern machen. Da er dafür eine feste Adresse angeben muss, hat Nanni ihm angeboten, ihre zu nehmen, denn so ganz legal kann er da ja nicht wohnen in dem Holzschuppen. Miriam ist wohl diejenige gewesen, die ihn letztes Jahr vertrieben hat, von wegen illegales Wohnen und so.«

»Ach, die Albert also.« Wilhelm griff sich ein Tischbein und begann es in die Tischplatte zu drehen. »Und wo hat er die ganzen Monate gesteckt?«

»Das hat er Nanni nicht gesagt und sie mochte ihn auch nicht danach fragen. Sie ist so froh, dass er wieder da ist. Ich glaube, da könnte was entstehen zwischen den beiden.«

»Mmmh, wäre blöd für unsere Skatrunde.« Wilhelm zwinkerte und schraubte das letzte Bein fest.

»Ach, da hab ich schon eine Lösung.«

37
Ent-Scheidung

Schon als er das Haus betrat, hörte Timo seinen Vater im Arbeitszimmer aufgebracht reden. Leise schloss er die Haustür. Während er in Zeitlupe seine Jacke an die Garderobe hängte und die Schuhe auszog, versuchte er vergeblich etwas zu verstehen. So aufgebracht hatte er seinen Vater noch nie erlebt. Die Tür zum Arbeitszimmer war angelehnt. Er schlich nach oben und hörte nun auch die Stimme seiner Mutter. Ein Blick durch das Schlüsselloch verriet ihm, dass seine Eltern skypten.

»Ihr kennt doch diesen Obdachlosen überhaupt nicht. Was ist denn, wenn der sich nachts überlegt, den Schuppen zu verlassen und ins Haus einzudringen, weil ihr es viel komfortabler und großzügiger habt? Du hast eine Verantwortung für unseren Jungen, Ben.«

»Ruth, das klingt jetzt ziemlich paranoid, findest du nicht? Deine übersteigerten Ängste rühren doch nur daher, dass du den Obdachlosen – der im Übrigen einen Namen hat – überhaupt nicht kennst. Und was die Verantwortung für *unseren* Sohn angeht, da hast *du* dich vor Jahren aus der Affäre gezogen, falls ich dich daran erinnern darf. Du hättest ja auch in Hamburg bleiben können, aber nein, es musste unbedingt Weimar sein. Timo war erst zehn, hast du das vergessen?«

»Nein, das habe ich nicht vergessen.« Ruths Stimme klang leiser. »Das musst du mir nicht immer wieder vorhalten, Ben, das mache ich schon selber ... jeden Tag. Das hat aber nichts mit dem Obdachlosen im Schuppen zu tun. Ich will das einfach nicht, verstehst du? Ich kann dann nicht mehr ruhig schlafen. Bitte sag dem ... Uwe oder wie er heißt, dass er sich eine andere Bleibe suchen muss. Nicht unser Schuppen!«

»Zum einen ist es nicht mehr *unser* Schuppen. Die Scheidung läuft auf deinen Wunsch hin, wie du weißt. Zum anderen finde ich die Unterbringung für Uwe derzeit auch nicht gut, ich sehe es als eine Art Übergangslösung. Timo und ich überlegen, ob er nicht in deinem ehemaligen Zimmer wohnen könnte.«

Timo spürte die eintretende Stille bis in die Haarspitzen und hielt den Atem an. So hatten seine Eltern noch nie miteinander geredet. Klar hatte es oft Meinungsverschiedenheiten gegeben über Urlaubsplanungen und dergleichen, aber meist hatte sein Vater irgendwann eingelenkt und es gab eine Einigung. Er schaute durch das Schlüsselloch. Ben saß auf seinem Schreibtischstuhl, aufrecht und ruhig. Ein Teil des Bildschirms war verdeckt durch seinen Rücken, aber Timo konnte doch erkennen, wie sich seine Mutter durch ihr lockiges rotes Haar fuhr, das Gesicht gerötet und offensichtlich nach Worten ringend.

»Ich hab verstanden, Ben. Wie es scheint, fühlst du

dich durch die neue Frau besonders stark zurzeit. Es ist wohl besser, wenn wir das Gespräch jetzt beenden.«

»Ich wusste, dass es ein Fehler war, dir von ihr zu erzählen. Ich glaube, diese Art von dir ist es, die mich am allermeisten von dir fortgetrieben hat.«

»Dann ist es ja gut so, wie es jetzt ist. Ich schalte jetzt ab.«

Timo zögerte. Leise drehte er sich um und schlich hinunter ins Wohnzimmer. Als sein Vater kurz danach herunterkam, wirkte er erstaunlich ruhig und entspannt, fast ein bisschen heiter.

»Hallo Timo, ich hab dich gar nicht kommen hören.«

»Ich war auch sehr leise, wollte hören, worüber du mit Mama sprichst.«

»Nun ja, dann weißt du ja jetzt Bescheid, war vermutlich laut genug. Mir hat das Gespräch gutgetan. Immer und immer wieder hab ich gut Wetter gemacht. Das ist jetzt vorbei.«

»Finde ich gut, Papa.«

Bens Handy surrte. Er schaute kurz drauf.

»Na, war das die Reisebüro-Frau?«

»Nein, ein Kunde. Das mit Ramona hat sich schon vor zwei Wochen erledigt. Ich hab erfahren, dass sie verheiratet ist. Sie meinte, das sei doch kein Hinderungsgrund ...« Ben zog eine Augenbraue hoch.

»Oha! Heftig!«

»Ist nicht wirklich schlimm.« Ben steckte sein Handy in die Hosentasche. »Wie wär´s wenn wir Oktay einen Besuch abstatten? Hast du auch so einen Hunger?«

Oktay war nicht im Imbiss. Die Familie Özer packte für den großen Umzug. Cem vertrat ihn.

»Ein Wahnsinn – sie wollen doch tatsächlich alle an einem Tag umziehen.« Cem verzog das Gesicht und reichte ihnen die Döner-Teller hinüber.

»Sagt Bescheid, wenn ihr noch Hilfe gebrauchen könnt.« Ben nahm seinen Teller entgegen.

»Ja, machen wir. So wie es aussieht, ist jeder Helfer sehr herzlich willkommen.«

Ben und Timo nahmen in Bens Lieblingsecke Platz. Von hier aus hatte man den Überblick über den Imbiss und konnte auf die Straße sehen. Gegenüber am Su-permarkt stand Uwe. Ben winkte hinüber, aber Uwe winkte nicht zurück. Miriam ging gerade an ihm vorbei und sah durch ihn hindurch. Eine Frau mit einem kleinen Kind blieb stehen und kaufte Uwe ein Heft ab. Er strahlte beide an und wollte der Frau das Wechselgeld herausgeben, doch sie wehrte ab und er verbeugte sich dankend.

Rasch holte Ben seinen Skizzenblock hervor und skizzierte kauend die drei Menschen vor dem Supermarkt.

Nun stand Uwe wieder allein. Jeden, der in den

Markt hinein- oder hinausging, begrüßte und verabschiedete er mit einer leichten Verbeugung.

»Was für eine Arbeit. Ich finde das mit dem Verbeugen und Türaufhalten sollte er lassen.« Timo stocherte in seinem Reis herum und sah zu Uwe. »Ich könnte im Hotel fragen, ob sie einen einfachen Job für ihn haben.«

»Gute Idee. Ich hab auch gerade überlegt, was Uwe noch machen könnte. Vielleicht klappt es ja mit dem Regalverräumer.«

»Ich glaube, es heißt *Warenverräumer*. Was für ein blödes Wort, oder?«

»Wilhelm hat ihm übrigens den Tisch fertig gemacht und Annegrete hatte noch zwei Tischdecken, die wollte er aber nicht. Er meinte, das Holz hätte so eine schöne Maserung. Vielleicht helfe ich ihm am Wochenende, die Oberfläche abzuschleifen und neu zu lackieren. Dann sieht der aus wie neu.«

»Schau mal, Papa.« Timo zeigte auf Uwe, der mit einem anderen Mann in einen heftigen Wortwechsel verwickelt war. »Komm, ich glaube, da sollten wir mal rübergehen.«

Sie liefen bei Rot über die Straße und standen eine Minute später neben Uwe und dem pöbelnden Mann.

»Können wir hier irgendwie helfen, Uwe?« Ben sprach mit lauter Stimme und stellte sich demonstrativ neben ihn.

»Der will hier ein anderes Straßenmagazin verkaufen. Ich hab ihm gesagt, dass es mein Platz ist.«

Mit ruhiger Stimme erklärte Timo dem Fremden, dass dieser durch die starke Konkurrenz von Uwes Heften hohe finanzielle Einbußen haben würde und dass nur ein paar hundert Meter weiter – genau gemessen waren es zweitausend Meter, aber Genauigkeit war der Sache gerade nicht dienlich, beschloss Timo – ein noch größerer und viel stärker frequentierter Discounter stünde, dessen Kunden sicherlich hocherfreut seien, ein so lesenswertes Magazin wie seines erwerben zu können.

Verwirrt zog der Mann ab, nachdem er sich noch die Richtung hatte zeigen lassen, in die er gehen musste.

Ben lächelte seinen Sohn an und schüttelte ungläubig den Kopf. Was war das für ein Tag heute?

38
Abendessen

Bircan deckte den Tisch. Zuvor hatte sie mithilfe ihrer Finger die Anzahl der Personen ermittelt. Sie waren sieben. Ihr Onkel Cem würde später kommen, er hatte noch etwas zu erledigen. Leider wollte er ihr nicht verraten, was es war. Ihre Mutter hatte ihr den Umzugskarton gezeigt, in dem sich Geschirr und Besteck befanden.

»Das machst du sehr schön, Bircan.« Selen kam aus der Küche mit einem großen dampfenden Topf.

»Das ist unser erstes Essen im neuen Haus – alle zusammen, Mama.« Die Kleine gähnte verstohlen. Auf keinen Fall würde sie heute früh zu Bett gehen.

»Es war ein langer und anstrengender Tag, mein Schatz. Ich bin auch müde und freue mich auf mein Bett.«

»Ist euer Bett auch schon aufgebaut? Papa und Emre haben dann insgesamt ...«, sie zählte wieder an den Fingern ab, »... vier Betten aufgebaut. Zwei große und zwei kleine. Wo schläft eigentlich Cem?«

»Auf dem Sofa oder auf der Luftmatratze, falls ich die noch finde heute Abend. Holst du mal alle zum Essen, wenn du fertig bist?«

»Au ja! Schon fertig! Ich zisch mal los.«

Nach und nach fand sich die Familie ein.

»Ich finde, es hat alles super geklappt heute.« Emre füllte sich seinen Teller. »Und wir hatten so viele Helfer. Hab mich gefreut, dass Ben und Timo auch gekommen sind. Sebastian kam ja leider zu spät von der Arbeit.«

Bircan schaute finster. »Du hast den Mann mit dem langen und kurzen Bart vergessen, Emre.«

Alle lachten. »Warum lacht ihr, stimmt das etwa nicht?«

»Doch, Liebes.« Oktay reichte ihr eine Serviette. »Aber entweder hat er einen langen Bart oder einen kurzen. Beides gleichzeitig geht nicht.«

Selen hatte die ganze Zeit still auf ihren Teller geschaut, nun sprach sie leise. »Eigentlich hat er nur einen Karton getragen, dann hat Feyza ihm gesagt, dass das viel zu anstrengend für ihn sei.«

»Stimmt. Da hatte ich doch auch recht, oder? So mager wie der aussieht.«

Feyza schaute in die Runde. Schweigen. Nur die Löffel klapperten auf den Tellern.

»Also, ich finde, der Mann mit dem kurzen Bart, der mal lang war ...«, Bircan schaute verschmitzt zu ihrem Vater, »sieht aus, wie als wenn er Kraft für mindestens fünf Kartons hat.«

»So, nun lasst uns mal anstoßen auf diesen denkwürdigen Tag, den wir alle so lange herbeigesehnt haben.« Baris erhob sich und nahm sein Glas. »Meine

Lieben, ich freue mich, mit euch ab heute unter einem Dach zu leben, und wünsche mir, dass wir stets ehrlich und offen zueinander sind. Auf ein glückliches Zusammensein im neuen Haus.«

Selen schaute kurz zu Oktay. Gerade in dem Moment kam Cem über die Terrassentür herein. Im Arm trug er eine Pflanze.

»Da komme ich ja gerade richtig. Herzlichen Glückwunsch euch allen. Ich bring euch eine Yucca-Palme für euren Garten, die wächst auch in Australien und wenn ihr sie anseht, denkt an mich in Down Under.« Er räusperte sich und griff schnell nach seinem Glas.

Nach dem Essen wollten alle nur noch schlafen, mit Ausnahme von Cem und Oktay. Nachdem der Anschluss für die Geschirrspülmaschine endlich funktionierte und die Maschine leise vor sich hin surrte, standen sie auf der Terrasse und rauchten.

»Was für ein Tag! Danke, dass du extra gekommen bist. Wann fliegst du wieder?«

»Übermorgen. Morgen helfe ich euch noch beim Auspacken oder im Imbiss – was dir lieber ist.«

»Am besten beides gleichzeitig.« Oktay grinste.

Cem strich sich über den Kopf mit den kurz rasierten schwarzen Haaren. »War komisch mit dem Obdachlosen vorhin, oder? Ich denke, er wollte einfach nur helfen.«

»Ja, seh ich auch so. Unsere Mutter ist da leider sehr

abweisend.« Oktay sprach leiser und deutete auf das geöffnete Schlafzimmerfenster der Eltern.

»Papa ist aber auch nicht viel besser, er hält sich nur mehr zurück.« Cem flüsterte ebenfalls. »Wenn sich das mit Emre bestätigt, was wir vermuten ...«

»Dann müssen sie es endlich mal akzeptieren, dass es auch andere sexuelle Orientierungen gibt, verdammt noch mal.« Oktay trat seine Zigarette aus und hob die Kippe auf. Sein Bruder tat es ihm nach. »Weißt du, ich verstehe einfach nicht, was in ihnen vorgeht, warum sie so ... so ... sind wie sie sind. Ich hatte gehofft, dass sie ein bisschen weiser werden im Alter.«

»Dafür stehen die Chancen vermutlich schlecht, das beobachtet Selen jedenfalls bei ihren alten Leutchen.«

»Na, super. Dann werde ich es wohl für immer geheim halten – vor meinen Eltern jedenfalls.«

»Musst du doch nicht.« Oktay sah seinem Bruder in die Augen. Der strich sich wieder über den Kopf, als wollte er die belastenden Gedanken einfach wegwischen. Für Cem schien es unmöglich, sich zu outen. Er musste damit rechnen, dass sich Feyza und Baris von ihm abwenden würden. War der Preis zu hoch? Oktay nahm seinen Bruder in den Arm und klopfte ihm liebevoll auf den Rücken. »Komm, lass uns schlafen gehen. Wird morgen wieder ein anstrengender Tag.«

39
Einladung

Die Frühjahrsstürme tobten durch die Sackgasse. Ängstlich schaute Bircan auf die Birke vor Nannis Haus. Sie schwankte und knarzte, als bewege sie sich von ganz allein. Bircan begann, die Zettel in ihrer Hand neu zu ordnen. Zuerst wollte sie bei Annegrete und Wilhelm klingeln. Eine Windboe erfasste die bunten Flatterdinger und fegte sie den Fußweg entlang in Richtung Hauptstraße.

»Oh, nein, hier bleiben!«

Rasch begann sie mit dem Aufsammeln. Der letzte Zettel lag direkt vor Möllers Haus und wollte gerade wieder abheben, da trat jemand vorsichtig mit seinem großen Schuh auf den Rand. Dem Schuh folgte ein graues Hosenbein und weiter oben eine braune Jacke. Der Mann mit ohne Bart. So hatte sie ihn ja noch gar nicht gesehen. Das musste sie unbedingt Mama und Papa erzählen.

Uwe bückte sich und hob den Zettel auf. »Oh, eine Einladung für Annegrete und Wilhelm.«

»Ups, das ist ja lustig. Direkt vor ihrem Haus. Du bist auch eingeladen, haben Mama und Papa gesagt. Wo wohnst du eigentlich genau? Bei Ben und Timo oder bei Nanni?«

Uwe schmunzelte. »Bei Ben und Timo.«

»Okay, dann ist das hier eure Einladung, warte ... « Sie suchte einen Zettel heraus und reichte ihn Uwe. »Bitte schön.«

»Danke schön.«

Uwe las. »Hiermit laden wir alle unsere neuen Nachbarn ganz herzlich ein zu unserer Einweihungsfeier.« Uwe sah sie an. »Oh, an dem Tag hab ich Geburtstag.«

»Ach, kannst du dann nicht kommen, weil du mit deiner Familie feierst?«

»Doch, doch, das lässt sich schon einrichten.«

»Prima, dann haben wir bestimmt auch ein Geschenk für dich.«

Uwe lächelte und bereute, dass ihm das so rausgerutscht war.

»Wer bekommt ein Geschenk?« Miriam war näher gekommen, drängte sich zwischen Bircan und Uwe, in beiden Hände Taschen mit Einkäufen.

»Ach, nichts.« Bircan sah auf ihre Zettel.

»Hier, der ist für euch.« Schnell steckte sie den Zettel in eine von Miriams Taschen und ging auf Möllers Haus zu. »Ich muss jetzt weiter verteilen.«

»Ich muss auch weiter.« Ohne sich umzusehen, ging Miriam zu ihrem Haus. Sebastian bog in die Straße ein, hupte zweimal kurz. Miriam stellte eine Tasche ab und hob lächelnd den Arm. Uwe stand unter der Birke und schaute, da öffnete sich die Tür bei Nanni.

»Hallo Uwe, wolltest du zu mir?«

»Eigentlich nicht – aber nun doch.«

Uwe ging auf das kleine Hexenhäuschen zu und stellte sich für einen Moment vor, er würde hier wohnen. Als Erstes müsste man die Fensterläden weiß lackieren und anständig festschrauben. Nanni schaute ihn an, als hätte sie seine Gedanken erraten.

»Komm, ich mach uns einen Kaffee. Ich hab auch noch einen Rest vom Mittag – hast du Hunger?«

»Immer!« Uwe trat ein und zog dabei wie gewohnt den Kopf ein.

»Es gibt eine Einweihungsfeier bei den Türken.« Er berichtete gleich im Flur, während er sich auszog. »Du bekommst auch noch einen Zettel, die kleine Postbotin ist gerade unterwegs. Ich bin auch eingeladen, hat Bircan zumindest behauptet. Bin mir da nicht so ganz sicher. Eigentlich habe ich wenig Lust, wenn ich mir die Blicke von Frau Albert und den alten Özers vorstelle.«

»Du nennst sie immer noch beim Nachnamen.«

»Das ist mir lieber. Für die bin ich Herr Hansen, Uwe dürfen mich nur Leute nennen, die mir sympathisch sind.«

Nanni deckte schweigend den Tisch.

»Bist du damit nicht einverstanden, oder warum bist du so schweigsam?«

»Doch, doch. Ich kann das gut verstehen. Ich dachte nur gerade an die Einweihungsfeier bei Özers. Das weckt Erinnerungen an letztes Jahr.«

»Was für Erinnerungen?«

Nanni setzte sich und begann vom Richtfest zu erzählen, dabei glitt ihre Serviette durch die unruhigen Finger.

»Gegen Ende tauchten plötzlich drei Neonazis auf, grabschten nach dem Essen und bedrohten erst Oktay, dann uns alle. Der eine zückte sogar ein Messer. Es war wie im schlimmsten Albtraum. Wir waren alle wie gelähmt, fast alle. Zum Glück hat Sebastian einen klaren Kopf behalten. Denis, der Vater von Leo, konnte von draußen die Polizei rufen.«

Nanni liefen die Tränen, rasch tupfte sie sich die Wangen mit der Serviette ab.

»Das ist ja schrecklich.« Uwe berührte Nanni sanft an der Schulter. »Jetzt verstehe ich etwas besser, warum einige so abweisend zu mir sind.«

»Ach, Uwe, da muss ich dich enttäuschen, gewisse Personen waren schon vorher – wie soll ich sagen – extrem distanziert gegenüber Obdachlosen.«

»Ich weiß nicht viel über Psychokram, Nanni, aber ich glaube, es wäre gut, wenn ihr alle bei Özers feiert und dieses Mal nichts Schlimmes passiert.« Uwe drehte sich zum Herd. »Riecht ein bisschen angebrannt, oder?«

Nanni sprang auf. »Oh nein, die Suppe!«

Es wurde anschließend sehr gemütlich in Nannis kleiner Küche. Die Kürbissuppe war noch zu retten, Nanni aß zur Gesellschaft noch eine Portion mit.

Strubbel hatte seine Vorbehalte gegenüber dem fremden Mann endgültig beiseitegeschoben und lag schnurrend auf dessen Schoß, während Nanni aus ihrem Leben erzählte. Von Helmut, ihrer Arbeit, dem maroden Häuschen und – dank Sebastian – ihren neuesten Plänen, eine Hypothek aufzunehmen, um dort wohnen bleiben zu können. Der letzte Teil ihrer ruhigen, bildreichen Schilderungen, in dem Uwe als starker Helfer im Garten beschrieben wurde, gefiel diesem besonders gut. Eine bemerkenswerte Frau, diese Nanni. Wieso war sie ihm nicht schon in dem Treffpunkt am Hafen aufgefallen? Vermutlich hatten der verdammte Alkohol und die tägliche Sorge um Nachschub ihn völlig benebelt. Als sie sich verabschiedeten, drückte er ihr spontan einen Kuss auf die Wange und schaute sie anschließend mit großen Augen an. Als er sah, dass sie lächelte, drehte er sich schwungvoll um, riss die Haustür auf und – hatte den Türgriff in der Hand. Sie lachten beide.

40
Zweifel

»Schau mal, Mama, wie süß Lucky im Körbchen schläft.«

»Mmh.«

»Kannst du mal aufhören, immer mit deinem Chef zu chatten, langsam nervt das.«

»Tut mir leid, meine Süße.« Miriam blickte auf. »Carlo hat mich gefragt, ob wir morgen mal alle drei zusammen essen gehen wollen.«

»Morgen? Auf keinen Fall! Da ist doch die Einweihungsparty bei Özers. Können wir Lucky mitnehmen? Bitte, bitte, bitte!«

»Ach, Mist, das hatte ich ja ganz vergessen. Vielleicht sagen wir einfach ab, ich hab sowieso keine Lust.«

»Wegen dem Grillfest letztes Jahr?« Leo schaute ängstlich, und begann an ihren Nägeln zu kauen.

»Du sollst das lassen. Setz dich auf deine Hände, das musste ich auch immer.«

Leo tat es. »Aber die sind doch jetzt im Gefängnis, oder etwa nicht?« Das Mädchen kam zu Miriam auf das Sofa und schmiegte sich an sie.

»Ja, mein Schatz, das sind sie, und da bleiben sie noch ganz, ganz lange. Ich hab nur einfach keine Lust.

Womöglich kommt auch dieser Obdachlose. Der scheint ja nun doch wieder in dem Schuppen zu wohnen. Unmöglich finde ich das.«

»Papa findet das gar nicht schlimm. Er sagt, das ist doch besser, als gar kein Dach überm Kopf zu haben. Das finde ich auch.« Leo rückte etwas ab.

»Dein Papa redet viel, wenn der Tag lang ist. Würde er hier noch wohnen, sähe er das vielleicht ganz anders. Dauernd sieht man den Mann. Vor dem Supermarkt, in der Straße, bei Nanni.«

»Aber er tut doch niemandem was. Ich finde ihn nett. Er sagt immer *Mien Deern* zu mir und zwinkert mit den Augen. Nanni mag ihn auch. Bist du sauer, weil Nanni so nett zu ihm ist und nicht mehr so viel Zeit zum Klönen hat?«

»Unsinn.«

»Dann lass uns hingehen, vielleicht kommt Uwe ja gar nicht, und Lucky nehmen wir mit, das wird lustig. Emre und Bircan kennen ihn noch gar nicht richtig.«

»Okay, überredet. Aber nur ein Stündchen, und ich schreibe jetzt Carlo, dass wir uns noch abends treffen können.«

41
Dilemma

Sebastian stieg die zwei Stufen hoch zu Oktays Grill: *Heute geschlossen* stand auf dem Zettel innen an der Tür. Shit! Damit hätte er eigentlich rechnen müssen. Schließlich begann das Einweihungsfest in zwei Stunden. Sein Plan, Oktay ganz beiläufig zu fragen, was sie zum Einzug noch so gebrauchen könnten, war somit hinfällig. Eine neue Idee musste her. Er schaute sich um und spielte nervös mit dem Autoschlüssel in seiner Manteltasche. Vor dem Supermarkt stand Uwe in seiner ausgeblichenen Jacke und hielt lächelnd sein Magazin hoch.

Nein, der konnte ihm nicht helfen. Allein die Vorstellung, dass er hinübergehen sollte, um dem Mann ein Heft abzukaufen, verursachte bei Sebastian leichte Übelkeit. Cashmere-Mantel trifft abgewetzte Discounter-Jacke. Es reichte doch, dass die Özers jetzt in der Straße wohnten. Sebastian ging langsam zur Ecke der Sackgasse. Gut, okay, er hatte noch nie ein Wort mit diesem Uwe gewechselt. Aber er hatte ihn immer gegrüßt und der hatte immer den Gruß erwidert, immerhin. Es bestand eine recht hohe Wahrscheinlichkeit, dass dieser Mann auch eingeladen worden war. Selen schreckte vor nichts zurück. Shit! Er war es leid, immer wieder seine Gefühle und sein Verhalten zu reflektieren, um anschließend Hürden zu überwinden wie ein untrainierter Sportschüler.

Lernen Sie die Menschen doch erstmal kennen, Herr Sperling, danach entscheiden Sie, ob Sie sie näher an sich heranlassen möchten oder nicht. Dieser Therapeut hatte ja keine Ahnung, wie übel einem dabei wurde.

Er blieb stehen, in der Manteltasche neben den Autoschlüsseln ertastete er ein paar Münzen. Drei Euro. Für eins dieser Straßenmagazine würde es reichen, plus ein kleines Trinkgeld. Es sollte schließlich nicht zu gönnerhaft wirken.

»Hallo, ich hätte gern ein Heft.«

»Oh, hallo. Ja gern.«

»Stimmt so.«

»Herzlichen Dank. Sie wohnen doch auch in der Sackgasse, oder?«

»Ja, schon seit meiner Geburt.« Warum hatte er das jetzt gesagt? Hatte er damit höhere Ansprüche auf das Wohnrecht dort? War er was Besseres, weil er in einem soliden Haus wohnte? Er fühlte sich wie vor Gericht. Sein innerer Kritiker war der Staatsanwalt.

»Oh, dann kennen Sie ja alle schon sehr gut. Ich bin da noch ganz am Anfang.«

»Ich eigentlich auch.« Fuck! Musste er das unbedingt verraten? Seltsam, seine ungewollte Offenheit. Er vergrub beide Hände in den Manteltaschen, das

Magazin klemmte unter einem Arm.

»Wir duzen uns seit letztem Jahr alle in der Straße. Also ich bin Sebastian.«

»Ich bin Uwe.«

So standen sie einen Moment da und schauten sich an. Sebastian blickte zur Eingangstür.

»Tja, man sieht sich, Uwe. Muss weiter. Brauche noch ein Geschenk.«

»Ja, man sieht sich. Viel Erfolg.«

»Wobei?«

»Na, beim Geschenk aussuchen.«

»Ja, danke.«

Sebastian stolperte in den Supermarkt. Was sollte er hier? Da fiel sein Blick auf den Blumenstand und er wusste sofort, was er hier wollte.

42
Angst

Annegrete hatte sich auf das Sofa gelegt, als Wilhelm aus dem Garten hereinkam.

»Nanu, du liegst? Geht es dir nicht gut?«

Ehe sie antworten konnte, klingelte es an der Tür. Es war Timo.

»Hallo Wilhelm, habt ihr vielleicht noch ein bisschen Geschenkpapier?«

»Komm rein. Ich schau mal nach.«

»Hallo Annegrete, geht es dir nicht gut?«

»Hallo, mein Junge. Wird gleich besser. Ein bisschen Herzklopfen.«

Wilhelm reichte Timo eine Rolle Geschenkpapier.

»Kannst den Rest behalten – wir alten Leute neigen zu Hamsterkäufen.« Er zwinkerte und wandte sich zu Annegrete.

»Wir messen gleich mal deinen Blutdruck, Annegrete. Ist bestimmt wegen der Feier heute.«

Er zog eine Schublade auf und holte das Messgerät heraus.

»Setz dich doch ein bisschen zu uns, Timo. Schön, dass du mal wieder vorbeischaust.«

Timo nahm auf einem der Sessel Platz und sah zu, wie Wilhelm geschickt die Manschette anlegte, auf einen Knopf drückte und die Manschette sich voll Luft pumpte. Sie warteten gespannt.

»Hundertachtzig zu neunzig. Na, meine liebe Frau, der untere Wert ist in Ordnung, aber der obere könnte besser sein.«

Annegrete seufzte. »Das ist die Aufregung. Ich weiß das genau. Diese schrecklichen Bilder vom letzten Jahr sind wieder da.«

Timo setzte sich auf den Rand des Sofas und nahm ihre Hand. »Also, Sebastian hat erzählt, dass die drei Typen alle verurteilt wurden und mehrere Jahre bekommen haben, weil sie auf Bewährung waren. Die kommen nicht wieder, Annegrete. Ben und ich können ja nachher bei euch anklingeln, und dann gehen wir alle zusammen rüber. Ich hab einen Kuchen gebacken – nach deinem Rezept!«

Annegrete lächelte und ein paar Tränen rollten auf das Sofakissen. »Du bist ein toller junger Mann, Timo. Ich hoffe, ich lerne noch die Frau kennen, die du eines Tages lieben wirst. Oder gibt es vielleicht schon eine?«

»Nein ...« Timo wurde rot.

»Annegrete, nun lass doch den Jungen.« Wilhelm kam aus der Küche und reichte ihr ein Glas Wasser.

»Ich denke, das wird heute eine schöne Feier bei den Özers. Uwe ist auch eingeladen, aber Papa und ich wissen nicht, ob er kommt. Hat er euch was gesagt?«

Die beiden Alten schüttelten den Kopf. Anngrete trank einen Schluck. »Er hat sich neulich für den Tisch bedankt mit einem kleinen Alpenveilchen. Das fand ich ganz reizend. Ich glaube, so ganz angekommen in der Sackgasse ist er noch nicht.«

»Kann er ja auch noch nicht, Liebes, wenn man bedenkt, unter welchen Umständen er hier lebt. Ist ja nicht für jeden so selbstverständlich wie für uns, dass er hier wohnt.«

Wilhelm schaute ernst. »So, nun messen wir noch mal.«

Timo stand auf und Wilhelm griff zum Messgerät.

»Na bitte, deutlich runtergegangen. Das ist prima! Timo! Hiermit bist du engagiert.«

»Als was?«

»Als staatlich anerkannter Blutdrucksenker.«

Wilhelm grinste. Annegrete erhob sich langsam vom Sofa.

»Na, dann will ich mich mal hübsch machen. Wär schön, wenn ihr uns nachher abholt, mein Junge.«

43
Gefühle

»Ich hab Hunger, Mama. Wann kommen die Gäste endlich?«

»Nimm dir ein bisschen von dem Brot, Bircan. Es dauert nicht mehr lange.«

Selen holte Schalen mit Salaten und Dips aus dem Kühlschrank. Besorgt schaute sie aus dem Fenster. Es sah nach Regen aus. Oktay und Emre würden – wie damals – draußen am Grill stehen, während alle anderen zum Glück drinnen saßen und es sich schmecken ließen. Sie hatte gleich etwas gegen das Grillen im April gehabt, aber man hatte sie und Feyza leider überstimmt. Das war neu in der Großfamilie. Es wurde über alles und jedes abgestimmt. Wer deckt morgens den Frühstückstisch? (Keiner?) Wer will einen Putzplan? (Alle, aber wer schreibt ihn?) Wer hilft im Garten? (Baris und Feyza, wenn die Gelenke nicht schmerzen.) Wer will um sieben Uhr zu Abendessen? (Alle) Wer will nur einmal die Woche Fleisch essen? (Feyza und Emre) Wer ist für mit ohne Fleisch? (Bircan) Über das Filmprogramm am Abend entschieden Oktay und sie zum Glück ganz eigenständig. Bircan war zu der Zeit schon im Bett, Feyza und Baris hatten ihr eigenes Wohnzimmer, und Emre saß meist am

Computer.

Wieder einen Tag geschafft. Im Keller stapelten sich noch volle Kartons, aber die meisten hatten sie Sebastian schon zurückgegeben.

Selen hielt inne und horchte. Laute Stimmen aus den Räumen ihrer Schwiegereltern. Sie schloss gerade den Kühlschrank, als Oktay hereinstürmte.

»Das kann doch wohl nicht wahr sein. Diese starrsinnigen, intoleranten Alten.«

Sie schaute ihn fragend an. Er schloss die Küchentür.

»Meine Mutter fragt mich doch tatsächlich mit großen Augen, ob denn dieser Obdachlose auch eingeladen wurde, und mein Vater sagt wie aus der Pistole geschossen: ›Na, ich hoffe doch nicht!‹ Da ist mir der Kragen geplatzt. Ich hab gesagt, wenn sie weiter so intolerant sind und sich nicht mal an einem Tag wie diesem ein bisschen zusammennehmen, dann können sie gleich wieder ausziehen.«

»Das hast du gesagt?«

»Ach, noch viel mehr. Dass sie sich mal überlegen sollen, warum mein Bruder so weit weggezogen ist, und dass mein Sohn nicht das Weite suchen wird, weil er sich nämlich von seinen Eltern angenommen fühlt. Es ist alles aus mir herausgeplatzt.«

Oktay griff nach einem Glas und hielt es unter den Wasserhahn. Selen stand ruhig neben ihm.

»Meinst du, sie haben das mit Cem verstanden?«

»So, wie sie sich angesehen haben – schwöre ich dir, dass sie es wissen, aber nur nicht wahrhaben wollen.«

Oktay trank das Glas in einem Zug leer.

Es klopfte leise an der Küchentür. Feyza steckte den Kopf herein. »Ich wollte nur mal fragen, ob ich dir helfen kann, Selen?« Hinter ihr drängelte Baris. »Ja, ich auch.«

Oktay schob die beiden beiseite und verließ die Küche. »Ich geh in den Garten und bereite den Grill vor. Ich brauch frische Luft. Schick Emre raus, wenn du ihn siehst.«

»Was ist denn los, Mama?« Bircan kam in die Küche gelaufen.

»Nichts, mein Schatz. Oma und Opa wollen mir ein bisschen helfen. Hast du auch Lust?«

»Ich komm gleich wieder, mach nur schnell den Tuschkasten zu.«

Feyza stand neben dem Tisch und umklammerte die Stuhllehne. »Ich weiß nicht, ob ich mich heute kräftig genug fühle für die vielen Menschen. Vielleicht lege ich mich lieber ein bisschen hin.«

Baris putzte gründlich seine Brille und schaute dabei zu Boden. »Ich begleite dich, Feyza. Gib mir deine Hand.«

Er steckte sein Taschentuch ein, setzte die Brille auf und führte seine Frau aus der Küche.

»Was hat Oma denn?« Bircan stand traurig in der Tür. So hatte sie sich das tolle Fest nicht vorgestellt.

»Komm, wir schauen mal, ob wir noch ein paar Girlanden aufhängen. Es soll doch nach einem richtigen Fest aussehen, oder?« Selen nahm Bircan an die Hand.

Feyza hatte sich auf das Bett gelegt und Baris deckte sie mit ihrer Wolldecke zu. »Findest du auch, dass wir intolerant sind?« Sie schaute ihn an.

Baris setzte sich zu ihr auf die Bettkante.

»Meinst du wegen Cem oder diesem Uwe?«

»Alle beide.«

»Dieser Uwe ist mir fremd, und ich weiß nicht, was er in unserem Haus will. Aber vielleicht finden wir ihn ja ganz nett, wenn wir ihn etwas näher kennenlernen.«

»Ja, das habe ich auch schon gedacht. Er trägt ja jetzt auch schon bessere Kleidung und will im Supermarkt arbeiten, hat Nanni erzählt.«

»Mmmh.«

»Und Cem? Wie stehst du dazu?«

»Wozu?«

»Na, du weißt schon.« Feyza setzte sich auf und stopfte sich ihr Kopfkissen in den Rücken.

»Ich weiß nicht. Das ist für mich sehr schwer, und dann auch noch der eigene Sohn.«

»Ja, so geht es mir auch.«

»Vielleicht sollten wir morgen weiter darüber reden und heute ein bisschen mitfeiern. Eins nach dem anderen. Was meinst du? Wir können uns ja jederzeit zurückziehen.«

Feyza beugte sich nach vorn, nahm sein Gesicht in ihre Hände und gab ihm einen Kuss. »Ja, so machen wir das.«

44
Mut

Nanni stand vor dem Spiegel. In dem Kleid wirkte sie dicker, als sie war. Ein anderes hatte sie nicht, wozu auch? Trug man so etwas überhaupt noch? Am liebsten wäre sie schnell wieder in Jeans und Pullover geschlüpft. Aber das war sicherlich zu leger für den Anlass, oder? Was trug man auf einer Einweihungsparty? Sie hatte keine Ahnung. Ihr geschminktes Gesicht kam ihr seltsam fremd vor.

Sie schaute auf die Uhr. Gleich würde Uwe sie abholen, eine Entscheidung musste her. Jeans und Bluse – fertig. Na also, klappte doch noch – das Aufbrezeln. Ob Uwe den Unterschied überhaupt bemerken würde?

Wieder ein Blick auf die Uhr. Nun war er schon fünf Minuten zu spät. Hatte er überhaupt eine Uhr? Bisher war er immer sehr pünktlich gewesen. Sie schaute in den Garten und freute sich über die geschnittenen Büsche und die Hecke. Uwe hatte einen grünen Daumen, das sah man sofort. Geschickt ging er mit der Heckenschere um, und im Nu waren Zweige und Äste zusammengefegt.

Nun war er schon zehn Minuten zu spät. Sie schaute aus dem Fenster. Sebastian ging in dem Moment hinüber zu Özers. Na, bitte. Der war auch nicht pünktlich, dann kamen sie eben auch etwas zu spät.

Sie setzte sich auf die Kante des Küchenstuhls und blätterte in der Fernsehzeitung. Sie könnte sich schon mal die Schuhe anziehen, dann ginge es gleich schneller, wenn Uwe klingelte.

Jetzt war er schon fast eine halbe Stunde zu spät. Das war zu viel. Es reichte. Langsam zog Nanni ihre Jacke über, band in Zeitlupe ihr Tuch um und griff nach dem Haustürschlüssel. Immer wieder ein Blick aus dem Fenster. Brot und Salz hatte sie in einen kleinen Weidenkorb gelegt. Das Geschenk war ein alter Brauch, der Sesshaftigkeit und Wohlstand bringen sollte. Sie fühlte sich wie bei einer nahenden Erkältung. Gleichzeitig war sie wütend. Wieder machte sie sich Sorgen um diesen Mann. In den letzten Tagen hatten sie immer wieder über das Fest gesprochen, und sie hatten versucht, sich gegenseitig die Ängste zu nehmen, deren Ursachen unterschiedlicher nicht sein konnten. Wer war sie, dass sie sich wegen eines Mannes so aus dem Konzept bringen ließ? Sie war eine selbstständige Frau, schon immer, auch damals mit Helmut an ihrer Seite. In den letzten Jahren war sie sehr gut allein zurechtgekommen. Derartige Aufregungen taten ihr nicht mehr gut, hatten ihr noch nie gutgetan. Sie schloss die Haustür mit einem kräftigen Ruck hinter sich und ging mit schnellen Schritten auf das neue Haus zu.

Uwe gab dem kleinen Alpenveilchen ein wenig Wasser. Er hatte es von der Blumenfrau im Supermarkt geschenkt bekommen und aufgepäppelt. Er fand die Idee, es den Özers zur Einweihung zu schenken anfangs gut. Angemessen. Jetzt erschien es ihm zu mickrig. Es zeigte nichts her. Genau wie er in seiner Kleidung. Wie ein Raubtier im engen Käfig wanderte er im Uwe-Häuschen hin und her. Ab und zu blieb er stehen. Dann sah er sich für einen Moment inmitten der Gäste fröhlich den anderen zuprosten. Und schon schloss sich der Vorhang wieder, und er spürte feindselige Blicke, abweisende Schultern.

Es klopfte. Er blieb, wo er war und reagierte nicht.

Es klopfte lauter.

»Uwe, mach mal auf, ich hab gesehen, dass du da bist.« Timo stand vor der Tür.

Er öffnete und ließ ihn eintreten.

»Wo bleibst du? Die Feier ist in vollem Gange. Es gibt total viel und lecker zu essen.«

»Ich glaub, ich schaffe es doch nicht.«

Uwe sank auf den alten Polstersessel von Wilhelm und Annegrete.

»Musst du ja auch nicht. Was spricht dafür, dass du hier bleibst, und was dagegen?«

»Ich hab meine Ruhe. Kann lesen und fühl mich beschissen, weil ihr alle da drüben feiert und ich zu feige bin hinzugehen.«

»Mmmh.« Timo blätterte in einem Buch, dass auf dem Tisch lag.

»Das Buch hab ich von Nanni geliehen bekommen. Geht um einen wie mich, der es geschafft hat. Saß sogar schon in einer Talkshow.«

»Wie hat er es geschafft?«

»Keine Ahnung, bin noch nicht sehr weit. Auf jeden Fall hatte er eine noch beschissenere Kindheit als ich. Vermutlich hatte er Glück und hat die richtigen Leute kennengelernt, und ich schätze, er war mutig. Das kann man von mir nicht gerade behaupten. Ich bin kurz davor, mir ein Bier zu kaufen. Das wär schlimm, denn seit vier Monaten bin ich trocken.«

»Bist du deswegen abgetaucht Ende des Jahres?«

Uwe nickte.

»Vor dem Stabhochsprung hat der Lehrer zu uns gesagt:

Mut ist, wenn man Angst hat und es trotzdem macht. Ohne Angst kann man gar nicht mutig sein.«

»Da ist was dran.«

Timo blätterte weiter in dem Buch.

Sie schwiegen. Uwe fühlte, wie die Anspannung der letzten Stunden weniger wurde. Er hatte immer noch Schiss, aber nicht mehr so viel.

»Komm, lass uns gehen, Timo, schnell, bevor ich es mir wieder anders überlege.«

Er sprang auf und griff das Alpenveilchen.

Bircan öffnete die Tür, sah Uwe und flitzte fort.

Im Wohnzimmer verstummten die Gespräche, als Timo und Uwe mit dem Alpenveilchen den Raum betraten. Alle schauten für einen Moment zu ihnen, so, als würde jetzt genau dort eine Vorstellung beginnen, auf die man schon gewartet hatte. Die Gäste saßen um einen langen Tisch. Von draußen zog der Geruch nach Gegrilltem herein.

Nanni schenkte Uwe ein Lächeln und winkte. Verflogen jeder Groll, froh, dass er doch gekommen war. Miriam schaute rasch in den Garten, wo Leo und der kleine Hund tobten. Baris drehte sich zu Feyza und legte ihr sorgsam die verrutschte Stola wieder über die Schulter. Ben und Sebastian grüßten ihn.

Da kam Bircan aus der Küche gelaufen und überreichte Uwe ein gerolltes Papier, mit rotem Band zusammengehalten.

»Herzlichen Glückwunsch zum Geburtstag!«

Oktay folgte, danach Selen und zuletzt Emre. Sie hießen ihn willkommen in ihrem neuen Heim und gratulierten ihm. Uwe lächelte und bekam kein Wort heraus. Er gab Selen die Topfpflanze.

»Oh, wie schön, ich liebe Alpenveilchen. Danke.«

Sie stellte es zu den anderen Geschenken vor eine große blaue Hortensie, neben das kleine Weidenkörbchen.

»Wann schaust du dir mein Geschenk an?« Bircan hüpfte von einem Bein auf das andere. Uwe dagegen spürte seine weichen Knie. Suchend sah er sich nach einem freien Platz um. Da traf sein Blick auf Feyza, die ihm etwas zurief. Er verstand sie nicht, in seinen Ohren rauschte die Aufregung. Mit fragendem Blick ging er auf sie zu, während Baris neben ihr seine Brille abnahm und ein Taschentuch hervorholte.

»Hier bei uns ist noch ein Platz frei, Herr äh ... Wollen Sie sich nicht setzen?«

Sie zeigte auf einen Stuhl und rückte, ohne ihn anzusehen, mit ihrem Stuhl ein ganzes Stück zur Seite. Er setzte sich auf die Stuhlkante. Bircan stand dicht neben ihm. Uwe zog die Schleife auf und entrollte das Papier. In der Mitte des Kinderbildes sah er einen großen Mann mit Mütze und eine kleine pummelige Frau mit kurzem, wirren Haar. Hand in Hand standen sie vor einem kleinen weißen Haus mit rotem Dach, daneben viele bunte Blumen und Schmetterlinge. Drumherum weitere Menschen. Große und kleine, dicke und dünne, mit Brille und ohne. Menschen mit langen und kurzen Haaren, blond, braun, schwarz, grau, glatt, gelockt, auch ein Mann mit ohne Haare.

»Ach Mist, ich hab das Hündchen vergessen.«

Schwupps war Uwe das Bild wieder los und Bircan verschwand damit. Feyza versuchte ein Lächeln.

»Sie malt ganz wunderbar, unsere kleine Bircan.«

Er nickte. Er hatte sofort begriffen, was sie da gemalt hatte, und er schluckte.

Nanni kam zu ihm und legte die Hand auf seine

Schulter. Dann nahm sie ihr Glas und klopfte mit einem Löffel vorsichtig dagegen. Alle unterbrachen ihre Gespräche und schauten auf. Emre kam gerade mit frisch gegrillten Bratwürsten herein und blieb stehen. Leonie brachte auf der Terrasse ihren Welpen zum Sitzen und lauschte durch die angelehnte Tür.

Nanni wurde plötzlich ganz heiß, aber da musste sie jetzt durch.

»Liebe Nachbarn! Ich freu mich, dass wir hier alle zusammen feiern können mit der Familie Özer in ihrem wunderschönen neuen Haus. Vielen Dank für die Einladung.« Sie prostete sich kurz mit Oktay und Selen zu. »Das war kein leichtes Bauvorhaben, nach den schrecklichen Geschehnissen im letzten Jahr.« Jemand räusperte sich, es war Sebastian. »Umso froher bin ich, dass mutig weitergebaut wurde und das Grundstück neben mir jetzt wieder bewohnt ist, noch dazu von so einer sympathischen Großfamilie.«

Emre stellte das Tablett mit den Bratwürsten ab. Er überlegte, ob er sie noch einmal auf den Grill legen sollte, um sie warm zu halten.

Als hätte sie seine Gedanken erraten, zwinkerte Nanni ihm zu. »Ich will keine lange Rede schwingen, sonst werden die Würstchen noch kalt.« Einige lachten. »Zu guter Letzt möchte ich ganz herzlich einen neuen Nachbarn in unserer Mitte begrüßen, der, wie alle wissen, bei Ben und Timo auf dem Grundstück wohnt und nun endlich wieder ein Dach über dem

Kopf hat.« Sie schaute kurz zu Miriam hinüber, die auf ihr Handy blickte. »Lieber Uwe Hansen, schön, dass du zu uns gefunden hast, und herzlichen Glückwunsch zum Geburtstag!«

Uwe stand auf. Er hatte rote Wangen. Nanni umarmte ihn und ein leises *Danke, Nanni* drang an ihr Ohr.

Irgendjemand, es könnte Wilhelm gewesen sein, stimmte *Happy Birthday* an und alle aus der Sackgasse sangen mit – fast alle.

Danksagung

Ich danke meinem Mann, der zu (fast) jeder Zeit bereit war, fertiggestellte Kapitel zu lesen, um sie anschließend mit mir begeistert zu diskutieren. Ohne dich wäre ich spätestens beim Layout verloren gewesen. Du hast immer daran geglaubt, dass ich es schaffe, dieses Buch zu schreiben und zu veröffentlichen. Du hast mich in meinem Tempo machen lassen. Das war und ist wunderbar.

Ich danke meiner Tochter, die mit Engagement und Genauigkeit das Manuskript las und sehr hilfreiche Anmerkungen hatte. Danke auch für deine Mutmach-Worte kurz vor der Veröffentlichung und für deinen Plan, ganz viele Exemplare unter die Menschen zu bringen. Dann mal los!

Ich danke meiner Lektorin–Korrektorin und lieben Freundin (eine Freundschaft seit 38 Jahren!) für ihre warmherzige Unterstützung und professionelle Arbeit – weit über alle Kommaregeln hinaus. Du hast mich stets ermuntert, das Schreiben fortzusetzen und wusstest genau, wann es gut war, danach zu fragen und wann besser nicht.

Ich danke allen Menschen, die mir die Möglichkeit gegeben haben, sie ein bisschen zu »studieren«.

Ähnlichkeiten mit Personen aus diesem Roman sind rein zufällig.

Zeitfracht Medien GmbH
Ferdinand-Jühlke-Straße 7
99095 Erfurt, Deutschland
produktsicherheit@kolibri360.de